Mit Illustrationen
von Daniela Chudzinski

Angelika Bartram

Lilli
oder
Die Reise zum Wind

Rowohlt Taschenbuch Verlag

Für meine Mutter

Originalausgabe

Veröffentlicht im Rowohlt Taschenbuch Verlag,
Reinbek bei Hamburg, Oktober 2005

Lektorat Linde Müller
Umschlag- und Innenillustrationen Daniela Chudzinski
Umschlaggestaltung any.way, Andreas Pufal
Satz KCS GmbH, Buchholz/Hamburg
Druck und Bindung Druckerei C. H. Beck, Nördlingen
Printed in Germany
ISBN 3 499 21318 4

1. Kapitel

Es schien, als ob der Wind an diesem Tag anders wehte als sonst. Die Häuser der kleinen Stadt duckten sich zusammen. Dunkle Wolken fegten über den Himmel wie fetzige, wilde Luftmonster.

Ein Unwetter lag in der Luft.

Lilli spürte, dass es höchste Zeit war, nach Hause zu gehen. Sie war zwar schon acht Jahre und fühlte sich manchmal so mutig wie ein Löwe. Manchmal jedoch hatte sie so viel Angst, dass sie sich wünschte, sie wäre eine Maus, die sich im nächsten Mauseloch verkriechen konnte.

Zum Glück hatte Lilli einen guten Freund, dem es genauso ging. Das war Macho, ihr kleiner weißer, wuscheliger Hund. Zusammen waren die beiden ein unschlagbares Team, vor allem dann, wenn Lilli für Macho Stöckchen in die Luft warf. Macho konnte nicht genug davon bekommen. Immer wieder musste Lilli das Stöckchen werfen. Und Macho war besonders stolz, wenn er es noch in der Luft schnappte.

Aber heute ließ Macho das Stöckchen einfach auf den Boden fallen. Er hielt seine Schnauze in die Luft und schnupperte. Es roch nach Gewitter, und Macho hatte Angst vor Gewitter. Also flitzte er los, als wollte er auf dem Bürgersteig einen Rekord im Hunderennen hinlegen. An seinem Halsband baumelte ein kleines silbernes Herz. Das hatte Lilli ihm letztes Jahr zum Geburtstag geschenkt. Ebenso wie das rote Halstuch mit den weißen Punkten, das wie ein dicker Farbklecks in Machos weißem Wuschelfell leuchtete.

«Macho, warte!», rief Lilli und rannte ihm hinterher.

Als sie ihren Freund endlich erreicht hatte, wollte sie auf dem schnellsten Weg nach Hause. «Komm, wir müssen uns beeilen», spornte sie Macho an. «Mama und Papa gehen doch heute Abend aus. Und wir sollen zum Abendbrot wieder zu Hause sein!»

Macho lief los, als würde er jedes Wort verstehen. Seine innere Uhr sagte ihm, dass es Zeit war für ein Stückchen Leberwurst. Und das war ein guter Grund, sich zu beeilen.

Von ferne grüßte schon der bunte Wetterhahn vom Dach des Hauses, in dem Lilli mit ihren Eltern wohn-

te. Es war ein altes Fachwerkhaus mit blauen Fensterläden.

Der Wetterhahn drehte sich immer schneller, denn der Wind wurde stärker und stärker. Er brachte auch die Hexe zum Tanzen, die im Vorgarten des Fachwerkhauses zwischen lila blühenden Lavendelbüschen steckte. Natürlich war es keine echte Hexe, die da tanzte, sondern eine Hexenfigur aus Zweigen. Sie hatte ein buntes Kopftuch auf und ritt auf einem Reisigbesen.

Macho bellte der Hexe ein kurzes «Hallo» entgegen. Er beschnupperte ihren Besen, hob das Bein und …

«Macho! Nein!», rief Lilli ihm energisch zu.

Macho stutzte kurz, änderte seinen Plan und wuselte stattdessen um Lillis Füße herum. Er tat, als ob er kein Wässerchen trüben könnte.

Lachend kraulte Lilli sein wuscheliges Fell. Dann drückte sie ihn ganz fest an sich. «Macho, ich hab versprochen, heute Abend allein zu bleiben. Meinst du, ich schaff das?»

Macho bellte Lilli aufmunternd an.

Sie zweifelte noch. «Weißt du, als ich das versprochen habe, war es nicht so windig und so unheimlich – und der Abend war auch noch lange hin. Aber jetzt …? Papi hat gesagt, mit acht ist man schon groß und mutig. Und ich will ihn doch nicht enttäuschen.» Lilli seufzte und schaute Macho ratlos an.

Macho legte den Kopf schief, stupste Lilli mit seiner Schnauze an und fiepte ihr Mut machend zu. Es klappte. Lilli fühlte sich durch ihn wieder stark: «Macho, ich glaub, gemeinsam kriegen wir das schon hin!»

Plötzlich ließ ein lauter Knall Lilli zusammenzucken. Macho duckte sich erschreckt ganz dicht auf den Boden.

Durch den Sturm war irgendwo ein Fensterladen zugeschlagen. Das Heulen des Windes wurde unheimlicher. Und Macho heulte mit ihm um die Wette.

Mit einem Mal begannen alle Fensterläden zu klappern. Lilli starrte ängstlich von einem Fenster zum anderen. Ihr kam es vor, als würde irgendjemand hämisch und knarzend lachen. Lilli spürte, wie sie überall Gänsehaut bekam und vor Schreck fast erstarrte. Jetzt hörte sie das hämische Lachen von etwas weiter weg – genau aus Richtung der Hexe. Lilli war sehr mulmig zumute. Langsam bewegte sie den Kopf zur Seite und sah sich die Reisighexe ganz genau an. Die dunkle Gestalt wackelte immer heftiger im Wind.

Sie wackelte und wackelte und wackelte ... bis das Hexengesicht lebendig wurde. Aus der Mitte wuchs eine Hakennase mit einer rot leuchtenden Warze auf der Spitze. Grinsend öffnete sich der Mund. Aus seinem dunklen Spalt ragte einsam ein einzelner Zahn heraus. Aber das Schlimmste waren die Augen – sie glühten rot wie Feuer.

«Macho, siehst du das?», flüsterte Lilli. Aber als sie sich umdrehte, konnte sie ihn nirgends entdecken. «Macho, Macho! Wo bist du?», rief sie ängstlich in den

Garten hinaus. Niemand antwortete ihr. Nur der Wind heulte. Lilli fühlte sich plötzlich sehr allein.

Zitternd drückte sie auf den Klingelknopf neben der Tür. Über dem Knopf hing ein selbst gemachtes Klingelschild aus Ton. Auf dem stand: *Hier wohnen Bernd, Britta und Lilli Engel mit Macho*. Die Klingel spielte eine sanfte, melodische Glockentonfolge. Ungeduldig klingelte Lilli gleich noch einmal. Aber hinter der Tür blieb alles ruhig.

Lilli hatte Angst. Sie schloss die Augen, trotzdem sah sie das höhnisch grinsende Hexengesicht weiter vor sich. Lilli hielt den Atem an. Sie wollte, dass diese fiese Fratze endlich verschwand.

Plötzlich knallte ein lauter Donner durch die Luft, und ein Blitzschlag erleuchtete den Garten. Lilli zuckte zusammen, doch gleichzeitig löste sich die Hexe in Luft auf. Auch Macho meldete sich in diesem Moment wieder und bellte aufgeregt. In seiner Panik hatte er sich unter dem nächsten Busch verkrochen. Lilli war erleichtert. «Du hast mir vielleicht einen Schreck eingejagt! Wieso versteckt du dich denn?»

Sie wollte ihren Freund unter dem Busch hervorziehen. Macho schnupperte, drehte seinen Kopf zur Seite und flitzte plötzlich von allein blitzschnell unter dem Haselnussstrauch hervor.

«Macho, was ist denn los?», erkundigte sich Lilli.

Aber der kleine Hund schien sie gar nicht zu hören. Er stemmte alle vier Beine in den Boden und kläffte den Busch an – so laut, als wollte er eine ganze Horde schleimiger Ungeheuer vertreiben.

Lilli bückte sich und versuchte im Gestrüpp etwas zu erkennen. Zunächst sah sie nur einen dunklen Wirrwarr aus Ästen. Lilli riss ihre Augen ganz weit auf. Da entdeckte sie, gut getarnt, unter dem dicksten Ast des Haselnussstrauchs eine Kröte. Ihre Augen leuchteten gelblich in der Dunkelheit.

«Äh, da is ja 'ne Kröte!», stellte Lilli angeekelt fest.

Macho jaulte auf.

In diesem Moment hörte Lilli die Stimme ihrer Mutter. «Lilli! Wo bleibst du denn? Wir müssen doch los! Lilli! Was ist denn noch?»

«Da hockt 'ne Kröte!», rief Lilli ihr zu.

«Jetzt komm schon her! Kröten sind nicht gefährlich!»

Lillis Mutter stand in der offenen Haustür und winkte Lilli herein. Sie hatte schon ein festliches Kleid an. Ihr war kalt. Fröstelnd rieb sie sich die Arme. «Jetzt beeilt euch ein bisschen! Papa und ich sind doch heute Abend eingeladen!»

Macho machte immer noch keine Anstalten, die Kröte in Ruhe zu lassen. Da schnappte Lilli sich ihren Freund, nahm ihn auf den Arm und lief ins Haus.

Macho nutzte die Gelegenheit und leckte ihr eben mal kurz übers Gesicht.

Lilli schaute sich noch einmal nach der Kröte um. Und es war ihr, als ob die gelben Krötenaugen sie geheimnisvoll anfunkelten …

Kaum war Macho mit Lilli im Flur, schlängelte er sich blitzschnell aus ihren Armen. Freudig bellend flitzte er los und erkundete das Haus. Als stolzer Haushund konnte Macho es gar nicht erwarten, nachzusehen, ob seine Meute vollständig war. Denn einer fehlte noch: Lillis Vater.

Auf Socken kam er die Treppe herunter. Ansonsten war auch er fein gemacht, er trug sogar einen Anzug. Aber Lilli fand, dass er darin ein bisschen unglücklich aussah. Denn irgendwie zog er so merkwürdig am Jackett herum.

Macho begrüßte ihn begeistert und sprang an ihm hoch.

«Macho, geh weg! Deine Pfoten sind ganz verdreckt!», schimpfte Lillis Vater. Und mit leicht vorwurfsvollem Blick fügte er in Richtung ihrer Mutter hinzu: «Schatz, es wird Zeit!»

Lilli kannte diesen Ton. Sie wusste, dass sie mit ihrem Vater in dem Zustand kein vernünftiges Wort reden konnte. Also hielt sie sich zurück. Sie zog ihre

Jacke aus und hängte sie an den unteren Haken der Garderobe. Dabei hörte sie, wie der Wind wieder ums Haus heulte. Das war wirklich unheimlich. Und von der Hexe war auch nicht die Rede gewesen, als sie versprochen hatte, heute allein zu Hause zu bleiben. Vielleicht war da ja doch noch etwas zu machen. Lilli wollte es auf jeden Fall probieren. «Du, Papi, müsst ihr denn wirklich weg heute?», erkundigte sie sich vorsichtig.

«Mein Engel, das haben wir alles besprochen. Ich hab dir doch erklärt, wie wichtig dieses Essen für uns ist.»

«Ja, ich weiß ... ihr esst mit diesen Leuten, damit du wieder einen Auftrag bekommst und ein neues Haus bauen kannst.»

«Nicht nur ein Haus, mein Engel. Es geht um viele Häuser, um eine ganze Siedlung», erklärte Lillis Vater stolz.

Ihre Mutter strich ihr sanft über den Arm. «Es ist ja nur für ein paar Stunden. Oder meinst du, du schaffst es doch nicht?»

Ehe Lilli antworten konnte, klopfte ihr Vater ihr ermutigend auf die Schulter. «Klar schafft Lilli das. Sie ist doch schon acht. Da hat man doch keine Angst mehr!»

Eigentlich wollte Lilli vom Wind, von der Hexe

und von ihren mulmigen Gefühlen erzählen. Aber dann beschloss sie, keine Angst mehr zu haben. Sie wollte ihren Eltern doch beweisen, dass sie schon groß war. Also antwortete sie auf seine Frage nur mit einem knappen, entschiedenen «Nö».

«Sehr gut, meine Große!», lobte sie ihr Vater. «Ich bin stolz auf dich!»

Lilli strahlte. Genau das wollte sie hören. Das wäre doch gelacht, wenn sie das nicht schaffte. Außerdem blieb Macho ja bei ihr. Der würde sie schon beschützen. Da war Lilli sich sicher.

Lillis Mutter strich ihr liebevoll über die widerspenstigen Locken. «Ist das okay für dich?»

«Klaro paro ratamaro.»

Das war einer von Lillis Geheimsprüchen. Immer wenn sie wollte, dass keiner mitkriegte, was sie wirklich dachte, benutzte sie so einen Spruch. Dann fühlte sie sich stark und unangreifbar.

Leider durchschaute ihre Mutter sie. «Jetzt lass deine komischen Sprüche. Ist das wirklich okay für dich?»

Lilli nickte leicht genervt, weil ihre Mutter hinter den Trick mit dem Spruch gekommen war. Dann überlegte sie sich, dass ihre Eltern wahrscheinlich doch ein ganz schön schlechtes Gewissen hatten, weil sie Lilli allein ließen. Dieser Gedanke beflügelte sie.

Sie startete einen kleinen Test und bettelte: «Aber ihr dürft nicht gehen, ohne mir gute Nacht zu sagen.»

«Versprochen!», erklärte ihre Mutter sanft und schaute sie mitfühlend an. «Du auch, Papi!», bettelte Lilli und schaute ihren Vater dabei ganz besonders lieb an. Auch das wirkte. Er lächelte, nickte und stupste ihr liebevoll gegen den Arm.

Lilli war davon überzeugt, dass beide ein schlechtes Gewissen hatten.

Sie überlegte gerade, wie sie das ausnutzen könnte, da meinte ihr Vater: «Dann wird's jetzt aber Zeit fürs Bett.»

Das ging Lilli doch ein bisschen zu schnell.

«Ich hab dir auch noch was Leckeres zu essen gemacht», erklärte ihre Mutter.

«Essen pessen kannste vergessen!», erwiderte Lilli trotzig.

Ihre Mutter seufzte und ging in die Hocke. Jetzt waren beide auf einer Höhe. «Lilli, wenn du doch nicht allein bleiben willst, sag's uns!»

«Ist schon okay. Der Wind ist nur so unheimlich.» Jetzt hatte sie es ausgesprochen. Hoffentlich lachte ihr Vater sie nicht aus.

«Der Wind?», wunderte er sich. «Der Wind hört sich nur unheimlich an, Wind entsteht, wenn warme und kalte Luft aufeinander prallen.»

Plötzlich erinnerte Lilli sich daran, dass sie ein altes Märchenbuch von ihrer Oma hatten. Da stand doch etwas über den Wind drin. Das Buch musste sie sofort finden!

Sie rannte in den Flur und öffnete den Deckel der alten Truhe.

«Lilli, was soll denn das jetzt?», wollte ihr Vater wissen. «Wir hatten uns darauf geeinigt, dass du ins Bett gehst.»

«Gleich, ich such nur das Buch ...»

«Was für ein Buch?», erkundigte sich ihre Mutter.

«Das alte Märchenbuch von Oma, mit dem Märchen vom Wind.»

Lilli wühlte weiter in der Truhe. Sie fand aber nur Decken, ein Paar Gummistiefel und einen alten Kauknochen von Macho.

Ihr Vater wollte den Deckel der Truhe wieder schließen. Langsam sah er ungeduldig aus. «Das uralte Buch, das finden wir jetzt sowieso nicht. Wahrscheinlich haben wir es längst weggeschmissen.»

Lilli spürte, wie sich ihr Dickkopf meldete. Genau dieses Buch wollte sie haben – und zwar sofort. Sonst konnte sie nicht allein bleiben heute Abend. Lilli merkte, dass ihr Dickkopf immer größer wurde.

Als ob ihre Mutter Lillis Gedanken lesen konnte, schlug sie vor: «Na gut, mein Schatz, dann zieh dir schon mal den Schlafanzug an, iss noch das leckere Brot, das ich dir gemacht habe, und ich suche nach dem Buch.»

Lilli atmete auf und wollte schon triumphieren.

Da mischte sich ihr Vater ein. «Muss das sein? Das ist doch jetzt nur Theater! Irgendein anderes Buch tut es bestimmt auch. Oder?» Und dabei schaute er Lilli prüfend an.

Aber Lilli schüttelte trotzig den Kopf.

Ihr Vater seufzte und meinte nur: «Ich seh uns schon zu spät kommen!»

«Ich bin auch ganz schnell im Bett!», verkündete Lilli und flitzte in ihr Zimmer.

Macho fegte hinter ihr her.

«Aber nicht, dass Macho wieder mit in deinem Bett liegt!», rief Lillis Mutter den beiden noch nach.

Aber weder Macho noch Lilli hörten mehr darauf.

2. Kapitel

Lilli hatte sich das Brot, das ihre Mutter für sie geschmiert hatte, mit Macho geteilt. Und mit ihrem Freund wartete sie jetzt in ihrem Bett auf die Gutenachtgeschichte.

Macho machte es sich schon mal auf Lillis Bettdecke bequem. Er rollte sich zu einer Kugel zusammen und schmiegte sich in die Kuhle der Decke. Er genoss die wohlige Wärme und begann seine spezielle Hundegutenachtgeschichte zu träumen. Sie handelte von einer riesigen Leberwurst.

Lilli baute sich in ihrem Bett einen Berg aus Kissen, in den sie sich schützend hineinkuscheln konnte. Bettdecke und Kissen hatten ein Muster aus Sonne, Mond und Sternen. Lilli liebte Sonne, Mond und Sterne. Auch auf der Tapete ihres Zimmers waren Sterne. Und an der Gardinenstange hing auf der einen Seite eine gelbe lachende Sonne aus Blech, auf der anderen ein Halbmond mit einem Gesicht.

Lilli zog die Bettdecke bis zu ihrer Nasenspitze hinauf. Sie wusste, dass ihre Eltern jetzt gleich gehen würden – nach der Gutenachtgeschichte.

Draußen heulte der Sturm auf. Lilli starrte auf das Fenster zum Balkon. Äste schlugen gegen die dunkle Scheibe. Es knackte, knisterte und knarrte. Lilli traute sich kaum, zu atmen in ihrem Bett. Ängstlich horchte sie auf die Geräusche. «Hörst du das, Macho?», fragte sie leise flüsternd.

Macho hob den Kopf, stellte die Ohren auf und fiepte leise.

Ein kicherndes Lachen war zu hören.

«Da! Am Fenster! Ist da jemand?» Lilli zog die Bettdecke bis zu ihren Augen hoch.

Macho schaute zum Fenster, winselte und kroch unter Lillis Bettdecke.

Lilli nahm ihren ganzen Mut zusammen und starrte weiter gebannt auf das Fenster. Schemenhaft bildeten sich Konturen eines fratzenartigen Gesichts. Das reichte Lilli. Schnell kroch sie zu Macho unter die Bettdecke. Beide schlotterten um die Wette. Lilli versuchte, sich Mut zu machen, indem sie Macho gut zuredete.

«Machopacho, ich verspreche dir, wenn irgendwelche Monster kommen, beschütz ich dich! Und du beschützt mich, ja?! Zusammen haben wir keine Angst!»

Und zur Bekräftigung ihres Versprechens drückte sie Macho ganz fest an sich.

«Ach, nein! Macho! Es ist doch immer das Gleiche! Raus aus dem Bett!» Lillis Mutter hatte das Versteck der beiden entdeckt. Lilli und Macho drückten sich ganz dicht aneinander, so, als könnten sie sich dadurch unsichtbar machen.

Doch da flog die Bettdecke auch schon zur Seite. Lilli schaute in das leicht genervte Gesicht ihrer Mutter. «Lilli, das Buch habe ich gefunden. Und ich lese es nur vor, wenn Macho sofort aus dem Bett verschwindet!»

Lilli drückte ihren Freund und flüsterte ihm zu: «Tut mir leid. Aber sie sind ja gleich weg ...»

Macho versuchte Lillis Mutter mit seinem ganz speziellen, unwiderstehlichen Hundeblick zu erweichen. Aber sie ließ sich nicht beeindrucken. Das

kannte Macho. Gleich würde das große Frauchen ihn anfahren, und zwar so energisch, als wollte sie eine Horde Räuber vertreiben. Schon nahm sie Anlauf und atmete noch einmal tief ein, damit ihre Stimme auch laut genug war.

«Macho, geh sofort raus da! Hunde gehören nicht ins Bett!», schimpfte sie.

Macho blieb gelassen. Er warf Lillis Mutter einen betont gelangweilten Blick zu und verzog sich unwillig auf seine Schlafdecke vor Lillis Bett. Seine Freundin blinzelte ihm zu, und Macho wusste, sobald die Alten aus dem Haus waren, gehörte das Bett wieder ihm.

Lillis Mutter packte ihre Tochter jetzt gut in die Bettdecke ein und gab ihr das alte Märchenbuch.

Lillis Vater kam dazu. «Na, alles klar, mein Engel?», erkundigte er sich und trommelte mit den Fingern ungeduldig auf den Türrahmen.

Lilli nickte. «Mami hat das Buch wirklich gefunden.»

Als sie darin blätterte, spürte sie, wie ihre Fingerspitzen anfingen zu kribbeln. Die Seiten des Buches waren vergilbt, die Zeichnungen verblasst. Das alte Papier roch nach einer anderen Zeit. Der Buchdeckel war ausgefleddert und hielt das Buch nicht mehr richtig zusammen, sodass die Seiten lose im festen Einband lagen. Auf dem Buchdeckel stand mit roter Schrift in alten, verschnörkelten Buchstaben geschrieben:

Das Herz des Windes

Lillis Vater hatte es eilig. «Also gut, Mami liest dir jetzt das Märchen vor, und dann gehen wir.»

Lillis Mutter wollte beginnen.

Aber Lilli bettelte: «Papi soll mir das Märchen vorlesen.»

«Na gut.»

Lilli konnte es kaum fassen. Die Dinge entwickelten sich besser, als sie noch vor kurzer Zeit gedacht hatte. Ihr Vater hatte ihr schon lange keine Gutenachtgeschichte mehr erzählt. Glücklich strahlte sie ihn an. Ihr Vater setzte sich nun ebenfalls zu Lilli auf die Bettkante und nahm das Buch in die Hand.

Ganz eng kuschelte Lilli sich in ihre Kissen und strahlte ihre Eltern erwartungsvoll an.

Und während draußen der Wind aufheulte, begann Lillis Vater zu lesen …

Das Herz des Windes

Es war einmal vor langer, langer Zeit in der Eiswüste – an einem Tag, an dem der Wind anders wehte als sonst. Aber niemand wunderte sich darüber, weil es in der Eiswüste keinen gab, der sich wundern konnte. Hier war es einsam, sehr einsam. Es gab nur Eis, kaltes, bläulich schimmerndes Eis, so weit das Auge reichte. Und still war es hier, sehr still. Das Einzige, was man hören konnte, war das Heulen des Windes.
An diesem Tag heulte der Wind besonders laut.
Denn an diesem Tag wehte ein besonderer Wind.
Giacomo Fumo, der windigste aller Winde, hatte sich aufgemacht in die Eiswüste.

Giacomo Fumo war ein fröhlicher Wind. Er liebte es, mit den Blättern um die Wette zu tanzen, schlug einen siebenfachen Windsalto und düste dann wieder davon, um in der Weite des Himmels auf Abenteuersuche zu gehen. Auf seinen windigen Reisen hatte Giacomo Fumo schon viel erlebt und viel gehört. Immer wieder hatten ihm andere Winde von der Eiswüste erzählt – von diesem unheimlichen Ort, der so einsam war, dass man denken konnte, man sei am Ende der Welt. Nur die Mutigsten konnten es wagen, sich hierhin aufzumachen. Für Giacomo Fumo hörte sich das nach einem wirklichen Abenteuer an. Er zweifelte nicht einen

Augenblick, dass er zu den Mutigsten gehörte. Und genau das wollte er beweisen.

Giacomo Fumo staunte. Hier war wirklich alles aus Eis: Eisberge, Eistäler, Eisseen. Alles sah gleich aus. So gleich, dass Giacomo Fumo schon bald nicht mehr wusste, aus welcher Richtung er gekommen war. Verwirrt drehte er sich nach allen Seiten um und suchte nach dem Weg. Aber je mehr er suchte, desto verwirrter wurde er – bis er sich nur noch im Kreis drehte. Und Giacomo Fumo spürte, wie sich auch in seinem Kopf alles zu drehen begann. Hilflos, ratlos, verzweifelt kauerte Giacomo Fumo sich zusammen. Er schlotterte am ganzen Körper und fühlte einen Kloß in seinem Hals, der immer dicker wurde. Giacomo Fumo konnte sich nicht erklären, woher der Kloß kam.
Auf einmal verwandelte sich ein Eisberg vor seinen Augen in einen Eisriesen. Er machte sich über Giacomo Fumo lustig: «Der Kloß ist ein Angstkloß. Du hast Angst, du schlotternder Windbeutel.»
Giacomo Fumo wollte seinen Augen nicht trauen. Vor Schreck hielt er den Atem an und bekam keine Luft mehr.
Der Eisriese verhöhnte ihn: «Siehst du, Giacomo Fumo, jetzt schnürt dir die Angst die Luft ab! Du kleiner Schisser, du Angsthase, du Bangbüx!»

Giacomo Fumo wollte fliehen. Aber vor lauter Angst konnte er sich nicht mehr vom Fleck rühren. Er fühlte sich wie ein Häufchen Elend und fürchtete sich davor, im ewigen Eis für immer tiefgefroren zu werden.
Stotternd flehte er: «Großer Eisriese, ich will, dass das aufhört! Sofort! Ich will das alles nicht mehr spüren!»
«Willst du das wirklich?», fragte der Eisriese.
«Ja!», antwortete der windigste aller Winde. «Jetzt sofort! So tu endlich was, Eisriese! Mach, dass ich nichts mehr spüren muss!»
Da kam ein dichter, wirbeliger Schneesturm auf.
Als sich das Schneetreiben legte, war der Eisriese verschwunden. Und Giacomo Fumo stand am Rande einer tiefen Gletscherspalte. Er war verwandelt, befreit von seiner Angst – aber auch gefühllos, blutleer und aschfahl. Mit eiskalter Miene schaute Giacomo Fumo die Gletscherspalte hinunter – tief unten im ewigen Eis leuchtete rot sein Herz.
Und aus den Weiten der Eiswüste schallte die Stimme des Eisriesen: «Du hast es so gewollt, Giacomo Fumo. Siebentausend Jahre und einen Tag bleibt dein Herz eingeschlossen im ewigen Eis. Nur ein Mensch kann es dir zurückbringen. Und dieser Mensch …»

An dieser Stelle riss ein Windstoß die Balkontür zu Lillis Zimmer auf und fegte durch den Raum. Er wirbelte die losen Blätter des Märchenbuches durcheinander und trug sie hinaus in die Nacht.

Lilli sprang auf und lief auf den Balkon. Sie versuchte noch, einzelne Blätter zu erwischen. Aber zu spät. Schon waren sie in alle Winde verstreut …

«Schnell, Lilli, komm rein!», rief ihre Mutter von drinnen. «Du erkältest dich noch!»

Aber Lilli hörte nicht. Im Gegenteil. Barfuß pirschte sie sich weiter auf den Balkon hinaus. Auch Macho war inzwischen hinter ihr hergelaufen und bellte den Wind an. Der pustete große Luftblasenbeulen in Lillis Schlafanzug. Mit ihrer ganzen Kraft stemmte Lilli sich gegen den starken Luftzug und suchte mit Blicken den Vorgarten ab. Sie konnte nichts entdecken.

Da spürte Lilli, wie sie von hinten gepackt und in die Höhe gehoben wurde. Erschrocken stieß sie einen spitzen Schrei aus, drehte ihren Kopf zur Seite – und blickte in das entschlossene Gesicht ihres Vaters.

«Mäuschen, jetzt ist Schluss. Wir haben unser Versprechen gehalten und dir das Märchen vorgelesen. Jetzt musst du auch deines halten …»

Lilli strampelte wild, als ihr Vater sie nun zu ihrem Bett trug.

«Wir sind sowieso schon viel zu spät dran.»

Aber so leicht ließ Lilli sich jetzt nicht abspeisen.

«Ich will wissen, wie die Geschichte ausgeht. Findet der Wind den Menschen? Kriegt er sein Herz wieder?»

Ihre Mutter deckte Lilli wieder sorgfältig zu und meinte versöhnlich: «Vielleicht finden wir morgen noch irgendwelche Seiten im Garten …»

Lilli nickte. «Macho findet bestimmt noch welche!» Sie wuschelte ihrem Freund, der es sich gähnend schon wieder auf seiner Schlafdecke bequem gemacht hatte, über den Kopf – und entdeckte, dass Macho sein rotes Halstuch nicht mehr umhatte! Wie der Blitz schälte sie sich erneut aus ihrer Decke, sprang aus dem Bett, lief zu ihrem Puppenwagen und wühlte hektisch darin herum. Sie wusste, dass der Puppenwagen einer von Machos Lieblingsplätzen war. Vielleicht hatte er das Halstuch hier verloren?

«Was soll das denn jetzt?», wollte ihr Vater wissen.

«Macho hat sein Halstuch verloren!»

«Welches Halstuch?»

«Na, sein Glücks-Halstuch, das mit den weißen Punkten!»

«Auch das finden wir bestimmt morgen wieder», beruhigte sie ihr Vater. «Und jetzt ab ins Bett!»

Widerwillig krabbelte Lilli zurück ins Bett. Sie startete noch einen letzten Versuch, ihre Eltern zurückzuhalten. «Und wenn ich jetzt doch Angst hab?», erkundigte sie sich zaghaft.

«Wovor?», wollte ihr Vater wissen. «Das mit dem Wind habe ich dir erklärt. Das ist alles nur kalte und warme Luft.»

«Am besten machst du ganz schnell die Augen zu und schläfst. Und wenn du morgen aufwachst, sind wir wieder da», schlug ihre Mutter vor.

Und ehe Lilli noch etwas unternehmen konnte, gaben ihr erst die Mutter und dann auch der Vater einen Gutenachtkuss – das Zeichen, dass jeder weitere Widerstand zwecklos war. Dann verließen sie das Zimmer. In der Tür winkten sie Lilli noch einmal zu. Lilli winkte zurück.

Kaum waren Lillis Eltern durch die Tür, kam für Macho der lang ersehnte Moment. Mit einem Satz sprang er auf die Bettdecke.

Lilli schaute ihn an und machte ihre Mutter nach: «Am besten machst du ganz schnell die Augen zu und schläfst!»

Macho gähnte und kuschelte sich tief in die Bettdecke.

Vorsichtig, um Macho nicht zu stören, stand Lilli auf, huschte zum Balkon, öffnete die Tür und ging hinaus. Macho hob kurz den Kopf, blickte seiner Freundin unschlüssig nach und kuschelte sich wieder in die Bettdecke.

Auf dem Balkon pfiff der Wind von allen Seiten.

Lilli schaute hinunter, um zu sehen, ob sie ihre Eltern noch entdecken konnte. Die beiden gingen gerade den Weg durch den Vorgarten entlang. Als sie sich noch einmal umsahen, winkte Lilli ihnen wild zu. Ihre Eltern winkten zurück und kämpften sich weiter gegen den Wind voran. Die Frisur ihrer Mutter sah jetzt aus wie eine echte «Sturmfrisur».

Lilli fand das sehr lustig.

3. Kapitel

Als Lilli ins Zimmer zurückkam, wollte sie ihren Augen nicht trauen: Macho war verschwunden! Dort, wo ihr Freund eben noch gelegen hatte, war jetzt nur eine leere Kuhle. Lilli fühlte, wie sie vor Schreck ein ganz schummriges Gefühl im Magen bekam. Sie schaute unters Bett. Nichts. Sie schaute in ihren Puppenwagen. Auch nichts. Verzweifelt setzte sich Lilli aufs Bett. Plötzlich bewegte sich hinter ihr eine Falte. Mit einem Ruck zog Lilli die Bettdecke zurück – da war Macho!

Er duckte sich auf das Laken und schaute seine Freundin ängstlich an. Lilli spürte deutlich, dass er vor irgendetwas Angst hatte. «Was ist los, Macho?»

Macho fiepte leise, während draußen der Wind aufs Neue begann, seine unheimliche Melodie zu heulen: «Huuuh! Buuuh! Wuuuh!»

Macho stellte die Ohren auf und begann zu winseln. Lilli bekam eine Gänsehaut. Sie kroch zu Macho ins Bett und zog die Bettdecke wie ein schützendes Dach über sie beide. Und mehr um sich selbst zu beruhigen, erklärte sie Macho: «Das ist der Wind, nur heiße und kalte Luft, hat Papi gesagt!»

Trotzdem wurde das Heulen des Windes immer gruseliger ...

Lilli kroch mit Macho noch tiefer unter die Bettdecke.

Das Licht flackerte auf – und plötzlich riss ein Windstoß schon wieder die Balkontür auf.

Ein zweiter Windstoß fegte durchs Zimmer.

Mit einem Rums öffnete er die Tür von Lillis bemaltem Bauernschrank.

Und plötzlich war es ganz still.

Langsam und vorsichtig lugten Lilli und Macho unter der Bettdecke hervor. Beide schauten zum Schrank und glaubten zu träumen ...

Im Schrank saß ein ganz und gar merkwürdiges Wesen. Auf seinem kugelrunden Körper saß ein kugelrunder Kopf. Seine grünen Haare standen in alle Richtungen ab wie frisch sprießendes Gras. Buschige

Augenbrauen rahmten die ebenfalls kugelrunden Augen ein. Außerdem schmückten das Gesicht Ohren, die so groß waren wie Salatblätter, eine knörzelige Knollennase und ein breiter Mund mit lila Lippen.

Schnell zog Lilli die Bettdecke wieder über sich. Bestimmt träumte sie! Sie kniff die Augen ein paarmal auf und zu und hoffte, das Wesen wäre verschwunden, wenn sie jetzt noch einmal nachschaute. Ganz langsam blinzelte sie wieder unter der Bettdecke hervor.

Aber der Besucher im Schrank war noch immer da. Jetzt winkte das knollennasige, grünhaarige Kugelwesen mit den Salatblätterohren sogar aus dem Schrank heraus und grüßte verhuscht: «Hallo! Ich bin Zitterwurzel!»

Vor Aufregung konnte Lilli keinen klaren Gedanken fassen. Dieses Wesen war ihr nicht geheuer. Sie flüsterte ihrem vierbeinigen Freund zu: «Macho, wer weiß, was der mit uns anstellt? Vielleicht frisst er uns auf? Wenn der merkt, dass wir Angst vor ihm haben, frisst er uns bestimmt auf! Kannst du ihn nicht verjagen?»

Aber Macho winselte und verkroch sich nur noch tiefer unter der Decke.

Lilli wusste, auf keinen Fall durfte diese unheimliche Gestalt merken, dass Lilli Angst vor ihr hatte. Nein. Sie musste so tun, als ob sie ganz stark sei. Vielleicht konnte sie es dann schaffen, diesem Knollennasenmonster Angst einzujagen.

Und so gab Lilli sich einen Ruck. Sie sprang auf, flitzte zu ihrem bemalten Bauernschrank und knallte die Tür zu. Sie nahm ihren ganzen Mut zusammen und rief so laut und so energisch sie konnte: «Hau bloß ab, du! Raus aus meinem Schrank!»

Angespornt von so viel Mut, sprang Macho ebenfalls aus dem Bett und bellte so laut und so energisch er konnte den Schrank an.

Als Antwort klopfte Zitterwurzel von innen gegen die Tür, so laut und so energisch er konnte.

Macho hörte sofort auf zu bellen. Leise fiepend ging er unter Lillis Puppenwagen in Deckung.

«Hey, Macho, du Winselpinsel, du sollst mich doch beschützen!», beschwerte sich Lilli.

Aber Macho konnte nur noch wimmern, so viel Schiss hatte er.

Lilli dachte nach. Was sollte sie tun? Irgendwie musste sie es schaffen, dieses knollennasige Wesen aus ihrem Zimmer zu jagen. Aber das ging nicht, wenn die Schranktür zu war. Also nahm Lilli wieder ihren ganzen Mut zusammen, schlich auf Zehenspitzen zum Schrank und öffnete vorsichtig die Tür. Zitterwurzel hockte immer noch da. Ängstlich flehend schaute er Lilli an. Ob das ein Trick war? Vielleicht

verwandelte er sich im nächsten Moment in einen Dämon?! Sie spürte, wie ihre Knie zu schlottern begannen. Und schon bildete sich ein Angstkloß in ihrem Hals.

Trotz ihrer Angst bemühte Lilli sich, ihrer Stimme einen energischen Klang zu geben. «Ich hab doch gesagt, du sollst abhauen! Hast du nicht gehört? Abhauen sollst du!!!»

«Wie denn?», fragte Zitterwurzel kleinlaut. «Die Schranktür war doch zu.»

«Dann aber jetzt! Raus!!!»

Lilli hielt die Balkontür auf und zeigte nach draußen.

Zitterwurzel zögerte.

«Na, wird's bald!», fuhr Lilli ihn an.

Zögernd schlich das Wesen mit den Salatblätterohren aus dem Schrank. «Oje, oje, oje ... aber dann bin ich verloren!», jammerte es.

«Mir doch egal», erwiderte Lilli. Sie wollte nur, dass dieser Zitterwurzel verschwand. So schnell wie möglich.

Und mit all ihrer Kraft schob sie ihn auf den Balkon. Als Zitterwurzel draußen war, schloss Lilli die Tür, drehte sich um und rannte blitzschnell aus ihrem Zimmer. Macho fegte hinterher.

Auf dem Flur angekommen, knallte Lilli die Kinderzimmertür hinter sich zu. Puh! Das war geschafft! Ihre Knie schlotterten immer noch. Sie dachte an das, was ihnen da gerade passiert war, und verzog ängstlich das Gesicht. «Oh, Macho, wo kommt der Typ nur her? Was will der von uns?»

Aber Macho wusste es auch nicht. Er konnte vor Schreck nur noch japsen.

Lilli holte Luft und atmete ein paarmal tief durch. Erschöpft setzte sie sich auf den Boden. Über ihr an der Tür hing ein Schild mit einer durchgestrichenen Monsterfratze. Darunter stand: *Achtung! Monster! Lebensgefahr!* Ihr Vater hatte das Bild dort für Lilli aufgehängt. Eigentlich war es als Scherz gedacht. Doch plötzlich sah es so aus, als ob für Lilli daraus schrecklicher Ernst geworden war.

Macho hatte schnell wieder ein wenig Mut geschöpft. Drohend knurrte er die Tür an.

Lilli beruhigte ihn: «Keine Angst, Macho! Das grünhaarige Kugelmonster mit der Knollennase sind wir los!»

Sie stand auf und horchte an der Tür. Es war nichts zu hören. Anscheinend war die Luft rein. Lilli war erleichtert. Ihre Knie hatten aufgehört zu zittern. Und der Angstkloß hatte sich aufgelöst.

Vorsichtig öffnete Lilli die Tür zu ihrem Zimmer und schaute sich um. Keiner da. Die Luft war wirklich rein. Langsam und vorsichtig schlich Lilli zur Balkontür. Noch versperrte der Vorhang die Sicht nach draußen. Mit einem Ruck zog sie die Gardine zur

Seite – und sprang vor Schreck einen Satz zurück. Da war es immer noch: das knollennasige, grünhaarige Kugelwesen mit den Salatblätterohren. Es drückte sein Gesicht gegen die Scheibe und sah sehr verzweifelt aus.

«Wieder so ein Trick», dachte Lilli im ersten Moment. Aber dann schaute sie nochmal hin. Dieser Zitterwurzel machte wirklich einen erbärmlichen Eindruck. Fast tat er Lilli leid. Sie drehte sich kurz zu Macho um, der in der Zwischenzeit in den Puppenwagen geflüchtet war, und fragte ihn: «Macho, was meinst du? Ich glaub, dem da draußen geht's wirklich dreckig.»

Macho lugte ein wenig über den Rand des Puppenwagens und bewegte seine Schnauze zaudernd hin und her.

Lilli war genauso unschlüssig. Was sollte sie tun? Sollte sie diesem grünhaarigen Kugelmonster wirklich die Tür öffnen?

Zitterwurzel klopfte jetzt gegen die Scheibe, flehte und bettelte. «Oje, oje, oje, oje! Bitte schick mich nicht weg! Ich tu dir auch nichts!»

Da nahm Lilli sich ein Herz und öffnete vorsichtig die Tür.

Bibbernd und zitternd versicherte der unheimliche Kerl: «Oje, oje, oje, oje! Ich tu dir wirklich nichts!»

Lilli betrachtete ihn genauer. Und plötzlich hatte sie überhaupt keine Angst mehr. Jemand, der zitterte wie ein Wackelpudding, konnte nicht gefährlich sein. Also ließ sie ihn herein.

Erleichtert tapste der rundliche Kerl langsam ins Zimmer. «Wie heißt du eigentlich?», wollte er von Lilli wissen.

«Lilli. Und das ist Macho.» Sie zeigte in Richtung des Puppenwagens. Zunächst hörte man daraus nur ein leises Knurren. Zitterwurzel zuckte ängstlich zusammen und bekam sofort einen so heftigen Zitteranfall, dass Lilli dachte, er würde sich gleich auflösen. Er war kurz davor, wieder auf den Balkon zu verschwinden.

Lilli ermahnte Macho. «Jetzt stell dich nicht so an. Ich glaub, der Typ ist wirklich nicht gefährlich.»

Neugierig guckte Macho aus dem Puppenwagen heraus, begutachtete den Besucher und beschloss, ihm eine Chance zu geben.

«Siehst du», beruhigte Lilli das bibbernde Zitterwesen. «Macho frisst dich schon nicht auf. Keine Angst!»

Zitterwurzel war erleichtert und hörte langsam auf zu zittern.

«Aber was bist du denn für einer?», erkundigte sich Lilli.

«Ich bin ein Erdkobold», erklärte Zitterwurzel, und seine Äuglein funkelten freundlich.

Für einen Augenblick war Lilli sprachlos. Ein Erdkobold! In ihrem Schrank! Wie der da wohl hingekommen war? Und was wollte er von ihr? Soweit sie sich erinnern konnte, waren Erdkobolde in der Tat harmlos. Das beruhigte sie schon mal.

«Du bist wirklich ein Erdkobold?»

«Na klar! Winfried Zitterwurzel ... äh, aber, aber, aber ... das sagte ich ja schon.» Er strich sich mit einer Hand über den Kopf – und brach in Jammern aus: «Oje, oje, oje, oje! Meine Mütze! Die muss ich unterwegs verloren haben. Vielleicht auf dem Balkon ...?» Zitterwurzel drehte sich um und verschwand wieder auf den Balkon.

Lilli konnte es immer noch gar nicht glauben. «Macho, hast du das gehört? Ein Erdkobold!!!»

Macho fiepte wenig beeindruckt.

«Ich wollte immer mal einen Kobold treffen!»

Lilli ging zur Balkontür, um nach Zitterwurzel zu schauen. «Und? Ist deine Mütze da irgendwo?»

Zitterwurzel schüttelte den Kopf. «O nee, o nee, o nee, o nee! Ich hab überall gesucht. Die ist futsch!»

Jetzt kam Macho auch dazu und wuselte zwischen Zitterwurzel und Lilli auf dem Balkon herum. Plötzlich schaute er in den Garten und bellte heftig.

«Kann der Bäume nicht leiden?», erkundigte sich Zitterwurzel.

«Warum?»

«Na ja, weil er sie anbellt.»

Lilli schaute raus in den Garten – und sah, dass an einem Ast des höchsten Baumes eine Zipfelmütze flatterte. Sie stupste Zitterwurzel an und zeigte auf den Baum. «Da! Macho hat deine Mütze entdeckt!»

Mit seinem Blick folgte der Kobold Lillis ausgestrecktem Arm. Er sah die Mütze jetzt auch. Aber anstatt sich freuen, machte er ein ganz und gar bekümmertes Gesicht. «Oje, oje, oje, oje ... wie soll ich die denn jemals wiederbekommen?»

Zitterwurzel beobachtete, wie seine Zipfelmütze hoch oben im Baum hin und her schlenkerte. «Lilli, meinst du, ich kriege sie irgendwie zurück?»

«Papi kann sie dir holen. Der hat eine große Leiter, die bestimmt bis in den Baum reicht.»

«Puh! Glück gehabt!» Zitterwurzel atmete erleichtert auf.

«Aber jetzt sag doch mal ... was suchst du hier eigentlich?», wollte Lilli wissen.

«Oje, oje, oje, oje!», jammerte Zitterwurzel da plötzlich wieder und schaute sich ängstlich um. Er hatte es plötzlich sehr eilig. Schnell winkte er Lilli ins Zimmer zurück, und auch Macho trottete hinterher.

Drinnen beugte sich der Kobold ganz nah zu Lilli. Er schaute sich noch einmal verschwörerisch um, bevor er zu sprechen begann. Und als er dann sprach, flüsterte er fast. «Ich suche, ich suche … also …» Zitterwurzel seufzte. Er wusste gar nicht, wo er anfangen sollte. «Oje, oje, oje, oje … das ist eine lange Geschichte …», wisperte er Lilli zu. «Aber ich kann dir nur eins sagen … Versteck dich lieber! Denn wenn er mich mit dir hier findet, dann … O nee, o nee, o nee, o nee! Schon bei dem Gedanken daran hör ich gar nicht mehr auf zu zittern.» Und wirklich, er zitterte am ganzen Körper.

«Wer denn? Von wem sprichst du?» Lilli kam das alles sehr merkwürdig vor.

Zitterwurzel stammelte: «Oje, oje, oje, oje … von, von, von, von … oje, oje, oje, oje, oje!» Inzwischen zitterte der Kobold so sehr, dass alles an ihm wackelte. Er konnte gar keine klaren Worte mehr von sich geben. Aus seinem Mund kamen nur noch lauter Zitterlaute.

«Du Armer, du zitterst dich ja noch dumm und dusselig!», bedauerte ihn Lilli.

Zitterwurzel nickte zitternd.

Lilli hatte eine Idee. «Ich weiß etwas, das hilft gegen Zittern!»

Die Augen des Kobolds leuchteten hoffnungsvoll auf.

«Ich hol es dir. Und dann erzählst du mir alles!»

Schnell lief Lilli nach draußen über den Flur ins Badezimmer.

Hier schnappte sie sich ihre knallrote Wärmflasche. Die half bestimmt gegen das Zittern. Mama machte ihr auch immer eine – wenn Lilli kalt war, wenn sie Bauchweh hatte oder wenn sie nicht einschlafen konnte. Eine Wärmflasche half eigentlich gegen alles.

Lilli drehte den Hahn über der Badewanne auf und prüfte die Wassertemperatur. Noch nicht warm genug. Jedenfalls nicht so warm, damit es gegen Zittern helfen könnte. Zumal es sich bei Zitterwurzel um einen besonders schweren Fall von Zittern handelte. Vor wem der Kobold wohl so viel Angst hatte? Plötzlich wurde es auch Lilli ganz mulmig zumute. Das musste ja ein schrecklicher Unhold sein! Und wenn der nun wirklich hier auftauchte? Ob Macho es schaffen würde, ihn zu vertreiben? Lilli wurde es angst und bang. Sie spürte, wie sie am ganzen Körper eine Gänsehaut überlief.

Da fiel ihr Blick auf ein T-Shirt, das neben den Bademänteln an einem Haken hing. Es war das T-Shirt ihrer Mutter. Lilli nahm es und schnupperte daran. Es roch so wohlig vertraut. Auf einmal wünschte Lilli sich, ihre Eltern wären hier. Die könnten sie bestimmt beschützen.

Lilli kuschelte ihre Nase in das T-Shirt. So hatte sie

wenigstens das Gefühl, als ob die Mutter ihr ganz nah wäre …

Sie zog schnell das T-Shirt über und beschäftigte sich dann weiter mit der Wärmflasche für Zitterwurzel.

4. Kapitel

Zitterwurzel konnte es gar nicht erwarten, endlich vom Zittern geheilt zu werden. Schon die Vorfreude reichte aus, dass er gar nicht mehr zittern musste. Ausgelassen sprang er durch Lillis Zimmer. Er ließ sich aufs Bett fallen und hopste dort weiter herum wie auf einem Trampolin. Der Erdkobold wurde immer übermütiger und spornte sich selbst an. «Zitterwurzel, bald bist du kein Zitterbold mehr, sondern ein ganz und gar mutiger Erdkobold!»

Macho beäugte das Ganze sehr skeptisch. Irgendwie traute er diesem Erdkobold nicht. Er roch so merkwürdig, ganz anders als alles, was Macho bisher erschnüffelt hatte. Es war eine ganz merkwürdige Mischung. Für Macho roch der Kobold ein bisschen nach Wiese, nach Feuer, nach Erde und nach Leberwurst.

Der Teil, der nach Leberwurst roch, war Macho natürlich sympathisch. Aber alles zusammen ergab für ihn keinen Sinn. Da musste er sich erst dran gewöhnen. Und ob Macho das schaffen würde, das wusste er noch nicht so genau. Aber am meisten ärgerte ihn, dass dieser Kobold es wagte, so mir nichts, dir nichts Lillis Bett in Beschlag zu nehmen. Das war doch eindeutig Machos Reich – zumindest, wenn Lilli nicht da war.

Zitterwurzel schien sich in Lillis Bett immer wohler zu fühlen. Er hopste höher und höher und rief dabei: «Haha! Wenn ich nicht mehr zittere, dann kämpfe ich gegen alle Monster und Ungeheuer! Sollen sie nur kommen!» Übermütig sprang er aus dem Bett und ging in gebückter Haltung mit erhobenen Händen auf Macho zu. Dabei stieß er Furcht erregende Geräusche aus und tat so, als sei Macho ein Ungeheuer, das er verjagen müsse.

Das reichte Macho. Er beschloss, diesem Zitterbold mal zu zeigen, wer hier der Herr im Haus war. Er knurrte so gefährlich er konnte. Er fletschte die Zähne, spielte den wilden Wolf und bellte und bellte und bellte. Er bellte so laut, als müsse er sein Leben verteidigen.

Und – es wirkte. Zitterwurzel erstarrte und begann wieder heftig zu zittern. Macho genoss seinen Triumph und schickte noch ein paar verkleckerte Drohbeller hinterher, fletschte noch einmal besonders gefährlich die Zähne und knurrte, als wolle er sagen: «Freundchen, halte dich bedeckt! Hier bestimmt nur einer, und das bin ich!»

Aber plötzlich gab es einen ohrenbetäubenden Knall. Die Balkontür flog auf. Schnell wie der Blitz flitzte Macho aufs Neue in Lillis Puppenwagen und ging dort in Deckung.

Zitterwurzel dagegen starrte auf die geöffnete Tür, durch die etwas hereingeflogen kam. Er konnte es gar nicht fassen, aber es war tatsächlich seine Zipfelmütze! Begeistert schnappte sich der Erdkobold die Mütze und begutachtete sie von allen Seiten. Keine Löcher, keine Risse, noch nicht mal größere Flecken konnte er entdecken. Zitterwurzel war sehr zufrieden. Glücklich setzte er sich seine Zipfelmütze wieder auf den Kopf. Und ausgelassen ließ er den dicken Bommel am Ende des Mützenzipfels kreisen.

Der Kobold war so mit seiner Mütze beschäftigt, dass er gar nicht mitbekam, dass noch jemand durch die offene Balkontür kam. Nur Macho bemerkte es. Er lugte ganz knapp über den Puppenwagenrand und erblickte eine große, hagere Gestalt mit aschfahlem Gesicht, das von langen weißen Haaren eingerahmt wurde. Dabei war der Besucher noch gar nicht so alt. Er wirkte Furcht einflößend – blutleer, eiskalt und gefühllos. Er sah aus, als würde in seinen Adern kein Blut mehr fließen. Auch der dünne, lange, weiß-graue Mantel, den er trug, sah gespenstisch aus. Der untere Mantelsaum und die Kanten der Ärmel hingen in Fetzen herunter, die fein waren wie Spinnweben.

Macho verkroch sich. Er spürte die Bedrohung, die von dieser blutleeren Gestalt ausging. Leise begann er zu winseln …

Und das hörte Zitterwurzel. Noch benommen vom Kreisen der Mütze, wankte der Erdkobold auf den Puppenwagen zu. Übermütig machte er sich über Macho lustig: «Na, du winselnder Zotteltrottel!», spielte er sich auf. «Vor dir steht Zitterwurzel, der Rächer aller Zitterlinge!»

Plötzlich tippte die leichenblasse Gestalt dem Erdkobold von hinten auf die Schulter.

Aber Zitterwurzel plusterte sich unbeirrt weiter vor dem ängstlich wimmernden Macho auf: «Ja, ich bin Zitterwurzel, der mutigste Erdkobold, den die Erde je gesehen hat. Ich nehme es mit allen Windbeuteln dieser Welt auf!»

«Ach, ja???», erkundigte sich der finstere Eindringling.

«Na klar!», antwortete Zitterwurzel großspurig. Doch auf einmal ging ihm ein Licht auf. Auf einmal begriff der Erdkobold, wer ihm da auf die Schulter getippt hatte. Ganz langsam drehte Zitterwurzel sich um. Und wirklich, da stand er leibhaftig vor ihm: Giacomo Fumo, der windigste aller Winde!

Das war zu viel für Zitterwurzel. Der Kobold bibberte vor Angst und fing an zu stottern.

«Oje, oje, oje, oje! Giacomo Fufufufumo! Da sind Sie ja!»

«O jaaa! Höchstpersönlich!», erklärte Giacomo Fumo hinterhältig-freundlich. Bedrohlich nahe ging er auf den Erdkobold zu. «Na, Zitterwurzel, Schnurzel, Purzel, hast du mich noch nicht so schnell erwartet?»

«Ähm, na ja … also …»

«Deine Mütze war ein guter Wegweiser! Was für eine pfiffige Idee!»

«Die Mütze? Äh … ein Wegweiser?»

«Wie bist du nur darauf gekommen, sie als Fahne an den höchsten Baum im Garten zu hängen? Respekt! So viel Grips hätte ich dir gar nicht zugetraut. Bisher dachte ich immer, du hättest nur Stroh im Kopf!» Der Wind lachte böse. «Und? Hast du das Menschlein gefunden?», erkundigte sich Giacomo Fumo streng.

«Äh, nein … hier ist niemand. Wawawawawahrscheinlich ist es das falsche Haus», stammelte Zitterwurzel.

Giacomo Fumo zog ein vergilbtes Blatt Papier aus seiner Manteltasche. Es war eine Seite aus dem Märchenbuch, eine Seite mit einer Zeichnung. Ganz deutlich war darauf Lillis Haus zu erkennen. Er hielt Zitterwurzel das Blatt Papier vor die Nase und meinte: «Aber das Haus hier sieht genauso aus. Das Ding auf dem Dach, die blauen Fensterläden – und die haben hier sogar eine Hexe vor dem Haus. Sie steckt im Garten zwischen dem Lavendel.»

«Na ja ... schon ... die Zeichen, die Zeichen ... die sind deutlich», musste Zitterwurzel zugeben.

«Also, dann muss dies Menschlein hier doch irgendwo stecken!»

Zitterwurzel wusste ganz genau, dass Giacomo Fumo damit Lilli meinte. Und er suchte fieberhaft nach einer Möglichkeit, wie er Lilli schützen konnte. «Na ja ... also sie ... äh», fast hätte Zitterwurzel sich versprochen, und deshalb korrigierte er sich schnell: «Also ... äh ... er ... macht vielleicht gerade einen Spaziergang ...»

«Einen Spaziergang? Mitten in der Nacht? Willst du mich austricksen?», erkundigte sich Giacomo Fumo misstrauisch.

«Auauauauaustricksen? Ich will Sie doch nicht austricksen!»

Aber Giacomo Fumo war da anderer Meinung. Er war sehr verärgert und pustete Zitterwurzel durchs Zimmer. Wütend verkündete er: «Siebentausend Jahre und einen Tag habe ich gewartet! Mir reicht es! Ich will mein Herz zurück!»

Mit einem großen Plumps landete Zitterwurzel wieder auf dem Boden. Er wusste, dass er jetzt ganz schön in der Klemme saß.

Drohend beugte sich Giacomo Fumo zu ihm hinunter und fragte in einem Ton, der keine Ausreden mehr duldete: «Also, wo steckt das Menschlein?»

Zitterwurzel dachte an Lilli und schaute ängstlich zur Tür. Sie konnte jeden Augenblick zurückkommen.

Giacomo Fumo bemerkte Zitterwurzels Unruhe. Misstrauisch schaute er ebenfalls zur Tür.

«Nein, nein, nein, nein, da draußen ist niemand!», sagte Zitterwurzel ganz schnell. Er hoffte, dass Giacomo Fumo nicht auf dumme Gedanken käme und nachschaute.

Da packte Giacomo Fumo Zitterwurzel, schüttelte ihn durch und schrie ihn an: «Wo ist das Menschlein?»

Zitterwurzel wich dem drohenden Blick des Windes aus und schaute zu Boden. Giacomo Fumo atmete tief ein und pustete Zitterwurzel wieder an die Decke. Dort zappelte der Kobold wie ein Käfer. Und Giacomo Fumo drohte ihm: «Du kleiner Zitterbold! Ich steck dich in meine Turbo-Windhose! Die pustet dich so durch, dass du auseinander fliegst wie eine Pusteblume.»

Zitterwurzel plumpste krachend auf den Boden. Dieses Mal beugte Giacomo Fumo sich fast freundlich zu ihm herunter: «Zitterwurzel, Schnurzel, du weißt doch, dass nur ein Mensch mir mein Herz wiederbeschaffen kann. Und es war abgemacht, dass du mir dabei hilfst, diesen Menschen zu finden.»

Zitterwurzel nickte eifrig. So schnell er konnte, rappelte er sich hoch. Heimlich schaute er aus den Augenwinkeln zur Tür. Von Lilli war zum Glück immer noch nichts zu sehen.

Unvermittelt startete Giacomo Fumo eine neue Attacke. Er hielt Zitterwurzel im Klammergriff und ließ nicht locker. «Komm, du kleiner Zitterbold, spuck's aus, wo ist dieses Menschlein? Na, sag schon! Oder ich mach Koboldkonfetti aus dir!»

«Aaaaalso hier ist niemand ...», stammelte Zitterwurzel.

Da knurrte Macho plötzlich im Puppenwagen und bellte vorsichtig ein-, zweimal.

Giacomo Fumo stutzte. Er ließ Zitterwurzel los, ging langsam auf den Puppenwagen zu und entdeckte den Hund. «Und wer ist das?», wollte der Wind von Zitterwurzel wissen.

«Mamamamamamacho ... das ist Macho.»

Giacomo Fumo musterte Lillis Freund ganz genau. «So! Das ist Macho! Sieh mal an!»

Er packte Macho am Genick und zog ihn aus dem Puppenwagen. Macho winselte kläglich. Das Herz an seinem Halsband baumelte hin und her.

Giacomo Fumo sah es und wurde ganz unruhig.

«Und wieso hat er ein Herz am Halsband?»

«Ja … wiwiwiwieso???»

Darauf wusste Zitterwurzel auch keine Antwort.

Giacomo Fumo beäugte den Erdkobold misstrauisch. Das Herz! Das konnte kein Zufall sein! Er schaute es sich genauer an. Auf einer Seite war etwas eingraviert. Fumo las vor, was da geschrieben stand:

«Von Lilli für Macho.»

«Schau an, ‹Lilli› heißt das Menschlein also! Zitterwurzel, kennst du jemanden, der Lilli heißt?»

Zitterwurzel schoss das Blut bis in seine grünen Haarspitzen. Auf gar keinen Fall wollte er Lilli verraten: «Lilililillilli???? Äh … nein … Lilie … die kenn ich. Aber das ist kein Mensch, das ist eine Blume. Aber Lilililililli … nein.» Er hatte Angst, dass Giacomo Fumo ihm nicht glaubte. Deswegen traute er sich nicht, ihn anzuschauen.

Der Wind wurde misstrauisch. «Wehe, du verschweigst mir etwas!»

Zitterwurzel duckte sich unwillkürlich. Er fürchtete, gleich setze es eine Ohrfeige.

Macho, den Giacomo Fumo immer noch fest im Griff hatte, war vor Angst wie gelähmt. Wieso rettete ihn niemand aus dieser misslichen Lage? Das konnte doch alles nicht wahr sein?!

«Das Herz ist ein Zeichen!!!» Giacomo Fumo war sich sicher. «Lilli ist es! Sie ist der Mensch, der mir mein Herz wiederbeschaffen kann! Jetzt muss ich sie nur noch davon überzeugen, dass sie es auch tut. Und dieser Köter wird mir dabei helfen!»

Macho war immer noch starr vor Schreck. Wie ein nasser Sack hing er an Giacomo Fumos Hand und rührte sich nicht.

Der beäugte ihn jetzt ganz genau von allen Seiten. Und mit gefährlich freundlicher Stimme sagte er: «Wenn diese Lilli dir ein Herz schenkt, dann hängt sie bestimmt sehr an dir. Wie sehr, das werden wir jetzt feststellen!»

Fumo lächelte Macho böse an.

«So wie der lächelt, hat der nichts Gutes vor!», dachte Macho in diesem Augenblick. «Wieso rettet mich denn immer noch keiner?» Und Macho beschloss, selbst etwas zu tun. Er nahm seinen ganzen Hundemut zusammen, knurrte und biss Giacomo Fumo in den Finger.

Der Wind heulte auf und pustete Macho wütend auf den Schrank. «Na, warte, du hinterhältiger Beißer! Das machst du nicht noch einmal! Überhaupt – an deiner Stelle würde ich es mir nicht mit mir verscherzen. Denn ich werde dich jetzt mitnehmen. Und dann schlage ich deiner Lilli ein kleines Geschäft vor.

Mein Herz gegen dein Herz. Das ist ein faires Geschäft. Was sagst du, Zitterwurzel?»

«Ähm ... ja ... also ...» Mit einem Mal wurde dem Erdkobold klar, dass Lilli damit zunächst außer Gefahr war. Und erleichtert schlug er vor: «O ja, o ja, o ja, o ja ... das ist eine gute Idee! Nehmen Sie den Zotteltrottel mit!»

Giacomo Fumo lachte ihn höhnisch aus. «Danke, sehr freundlich!» Und streng fügte er hinzu. «Aber damit das klar ist: Ich allein entscheide, wen ich mitnehme!»

Fumo verspürte große Lust, den Erdkobold noch einmal durch das ganze Zimmer zu pusten. Doch er hatte eine bessere Idee. Er wusste eine Strafe, die viel schlimmer war. Er würde Zitterwurzel einfach nicht mit nach Hause zurücknehmen ins Reich des gläsernen Mondes – in das Reich, aus dem sie gekommen waren, in das Reich, das die Heimat von Zitterwurzel war.

Giacomo Fumo schnappte sich den wimmernden Macho und erklärte Zitterwurzel gehässig: «So, Zitterwurzel, Schnurzel, Purzel, ich fliege jetzt mit Macho zurück. Du bleibst hier! Und solltest du zufällig dieser Lilli begegnen ... bestell ihr schöne Grüße. Macho wartet auf sie!»

Und Giacomo Fumo, der windigste aller Winde,

löste sich zusammen mit Macho in einem Luftwirbel auf. Teuflisch lachend fegte er durch die Balkontür davon …

5. Kapitel

Das Gelächter des Windes schallte bis zu Lilli ins Badezimmer. Sie drückte die Wärmflasche für Zitterwurzel gegen ihren Bauch und prüfte, ob sie warm genug war. Au ja! Die war sogar richtig heiß! So heiß, wie es sich für eine ordentliche «Medizin gegen Zittern» gehörte. Lilli war sich sicher, dass Zitterwurzel sein Zittern damit bestimmt wegbekommen würde. Und sie malte sich schon aus, wie sich der Erdkobold darüber freuen würde. Hatte er nicht gerade gelacht?

«Ich glaube, so hat sich noch niemand auf eine Wärmflasche gefreut!», dachte sie. Fröhlich verließ Lilli das Badezimmer, um Zitterwurzel die Wärmflasche zu bringen.

Als Lilli in ihr Zimmer zurückkam, wunderte sie sich. Zitterwurzel schien es auch schon viel besser zu gehen. Beschwingt tänzelte er im Zimmer herum. Und das Beste: Seine Mütze war auch wieder da!

«Hey, Zitterwurzel, du hast ja deine Mütze wieder! Wie hast du das denn geschafft?», wollte Lilli wissen.

«Die kam einfach so ins Zimmer geweht!», erklärte der Erdkobold übermütig.

«Und du zitterst gar nicht mehr!»

«Stimmt. Jetzt ist er ja weg! Und dich hat er nicht erwischt!» Der Erdkobold war über alle Maßen stolz, dass er Lilli nicht an den Wind verraten hatte.

Lilli glaubte noch nicht so richtig, was Zitterwurzel ihr erzählte. «Willst du damit etwa sagen, dieser Unhold war hier?»

«Ja. Aber keine Angst. Er ist wieder weg – hat sich sozusagen in Luft aufgelöst!»

«Und was wollte der hier?»

«Na ja, also oje, oje, oje, oje, oje … Lilli, wie soll ich dir das bloß alles erklären?» Vor lauter Aufregung begann der Erdkobold nun doch zu zittern.

Lilli tat der arme Kerl leid. «Och, du zitterst ja wieder! Aber zum Glück hat dich der Typ nicht mitgenommen!»

Zitterwurzel nickte. Die Sache mit Macho verschwieg er lieber noch.

Lilli hielt dem Erdkobold die Wärmflasche hin. «Hier! Die Wärmflasche – meine Medizin gegen Zittern. Die hilft bestimmt.»

Zaghaft nahm Zitterwurzel das rote Gummiteil.

«Äh … danke.» Zitterwurzel zitterte jetzt so heftig, dass die Wärmflasche zu schwabbeln begann. «Ups! Die zittert ja selber, die Medizin.»

Der Erdkobold hielt die Wärmflasche hoch und versuchte daraus zu trinken.

«Aber die ist doch nicht zum Trinken!», erklärte Lilli.

«Nicht? Warum heißt das Ding dann Flasche?»

«Das ist eben eine andere Flasche, eine zum Aufwärmen. Die legt man da hin, wo man warm werden will.»

Zitterwurzel kapierte. Das wollte er gleich mal ausprobieren. Er legte sich die Wärmflasche erst auf den Kopf, dann auf den Bauch und spürte überall ihre angenehme Wärme. Er war hin und weg von dieser Wundermedizin und vergaß alles andere. «Das ist gut! Das ist warm! Das ist gut warm! Da macht das Zittern richtig Spaß … wenn man dann eine Zitterflasche kriegt!»

Begeistert ließ Zitterwurzel die Wärmflasche wieder schwabbeln.

Während der Kobold aufgeregt herumsprang, entdeckte Lilli auf dem Boden ein vergilbtes Blatt Papier. Sie hob es auf. «Hey, das sieht ja aus wie eine Seite aus dem alten Märchenbuch! Dann ist die nicht mit rausgeweht?» Sie schaute sich das Papier genauer an.

Das Haus auf der Zeichnung sah genau so aus wie ihr Haus. Sie erkannte die blauen Fensterläden, den Wetterhahn und den Lavendel im Garten.

Lilli zeigte dem Erdkobold die Zeichnung. «Schau mal, Zitterwurzel, irgendjemand hat unser Haus in das Märchenbuch gemalt.»

Der Erdkobold ließ vor Schreck die Wärmflasche fallen. «Mämämämämämärchenbuch? Was für ein Märchenbuch?»

«Mein Papi hat mir daraus das Märchen vom Wind vorgelesen.»

Zitterwurzel wurde hellhörig. «Das Märchen vom Wind? Von welchem Wind?»

«Von Giacomo Fumo, dem windigsten aller Winde! Das ist der, der sein Herz in der Eiswüste verloren hat.»

Zitterwurzel stockte der Atem. Er war so überrumpelt, dass es ihm glatt die Sprache verschlagen hatte. Mit offenem Mund starrte er Lilli an.

«Kennst du das Märchen?», erkundigte sich Lilli.

Zitterwurzel nickte. Dann fand er seine Stimme wieder. «Oje, oje, oje, oje, oje! Lilli! Du bist es wirklich!»

«Wer bin ich?» Langsam wurde Lilli ungeduldig. «Zitterwurzel, jetzt sag schon, was weißt du? Andauernd erzählst du hier was von einem Unhold! Was hat das alles mit mir zu tun?»

«Na ja … also …» Zitterwurzel wurde sehr ernst, «dieser Unhold, Lilli … das ist Giacomo Fumo.»

«Aber der ist doch kein Unhold. Der kann einem leidtun, so ohne Herz. Ich drück ihm jedenfalls die Daumen, dass er eines Tages diesen Menschen findet. Du weißt schon, den Menschen, der ihm sein Herz wiederbringen kann.»

«Lilli, dieser Mensch bist du!»

«Ich?» Lilli fing an zu lachen. «Zitterwurzel, du spinnst! Du zitterst zu viel. Wahrscheinlich kommst du deswegen auf so verrückte Gedanken.»

«Aber deswegen war Giacomo Fumo hier. Er wollte dich holen.»

Lilli schüttelte ungläubig den Kopf. Vielleicht dachte sich Zitterwurzel das nur aus, um sich interessant zu machen. Aber langsam hatte sie die Nase voll von diesen Geschichten. Denn langsam spürte Lilli, wie ihr doch immer mulmiger wurde. Und sie beschloss, den Erdkobold lieber wieder vor die Tür zu setzen.

«Zitterwurzel, am besten gehst du jetzt.» Lilli schob den Kobold in Richtung Tür.

«Oje, oje, oje, oje, oje, Lilli, du musst mir glauben. Giacomo Fumo war wirklich hier!»

«Hier in meinem Zimmer?»

Zitterwurzel nickte so heftig, dass der Bommel seiner Zipfelmütze auf und ab hüpfte.

Lilli konnte es immer noch nicht fassen. «Und Macho hat nicht gebellt?»

«Äh ... Macho, ja ... also Macho ... der ...» Zitterwurzel traute sich gar nicht, Lilli zu erzählen, was passiert war.

«Wo ist Macho eigentlich? Macho???» Lilli begann ihren Freund zu suchen. Sie suchte im Puppenwagen, unter dem Bett, im Schrank. «Zitterwurzel, weißt du, wo er steckt?»

«Macho? Oje, oje, oje, oje ...»

Immer noch suchte Zitterwurzel nach einer passenden Erklärung. «Vielleicht träumt Macho, dass er grad mal nicht da ist. Oder er hat sich kurz weggeträumt? Auf den Mond zum Beispiel? Oder ... oder ... oder ...?»

«Oder was?» Lillis Tonfall wurde jetzt energischer.

«Ja, also … vievievielleicht hat Macho sich auch nicht weweweggeträumt …», stammelte Zitterwurzel, «vielleicht ist Macho weg, einfach so weg, ganz und gar … weg …»

«Der löst sich doch nicht einfach in Luft auf!», rief Lilli empört.

Und Zitterwurzel wusste, jetzt kam er nicht mehr drum herum. Jetzt musste er Lilli gestehen, was geschehen war. Kleinlaut beichtete er: «Ich mein ja auch eher weggeweht … oder weggeweht worden …»

Lilli begann zu verstehen. «Vom Wind?»

Zitterwurzel nickte zaghaft. «Leider nicht von irgendeinem Wind. Giacomo Fumo hat ihn mitgenommen.»

«Giacomo Fumo?! Aber warum?» Lilli war jetzt nur noch verwirrt. Dieser Giacomo Fumo konnte doch nicht einfach ihren Macho mitnehmen! «Mann! Jetzt kapier ich gar nichts mehr!» Lilli spürte, wie ihr die Tränen in die Augen schossen.

Zitterwurzel war sehr zerknirscht. «Na ja … Giacomo Fumo wollte sich einen Menschen holen, also dich wollte er holen. Aber ich hab gesagt, hier ist niemand. Und dann hat er Macho entdeckt.»

«Aber warum hast du mich nicht gerufen?» Lilli wischte sich ganz schnell die Tränen weg.

Zitterwurzel druckste herum, aus lauter Verlegenheit spielte er mit dem Bommel seiner Mütze. «Iiiiich hatte Angst … Ich meine, ich hatte Angst, dass Giacomo Fumo dich mitnimmt.»

«Das hätte er ruhig tun können!», rief Lilli übermütig aus. «Ich kann Taekwondo. Ich hätte dem schon gezeigt, wo's langgeht!»

Und als Beweis machte sie ein paar angewinkelte Luftschläge mit den Armen, setzte einen rechten und einen linken Beinkicker nach. Blitzschnell drehte sie sich und wiederholte das Ganze in alle Richtungen.

Zitterwurzel schaute sich die Vorstellung interessiert an und meinte dann: «Giacomo Fumo hat gesagt, er gibt dir Macho erst dann wieder, wenn du ihm sein Herz wiederbeschaffst. Sein Herz gegen Machos Herz.»

Schlagartig wurde Lilli klar, dass Macho in großer Gefahr war. Für sie stand fest, dass sie ihm so schnell wie möglich zu Hilfe eilen mussten.

«Wir müssen ihn sofort zurückholen!»

«Das ist unmöglich! Da, wo der ist, kommen wir nicht hin.»

Und plötzlich fiel Zitterwurzel auf, dass er selbst auch ganz schön in der Klemme saß. «Oje, oje, oje, oje! Lilli! Wahrscheinlich komm ich nie wieder nach Hause!»

«Du brauchst gar nicht so rumzujammern, Zitterwurzel! Du hast uns die Sache eingebrockt! Und jetzt bringst du sie auch in Ordnung.»

«Oje, oje, oje, oje … ich?»

«Jaaaa, du! Du bist doch einfach hier aufgetaucht.»

«Ja, aber … Lilli! Wie soll das denn gehen? Oje, oje, oje, oje! Was soll ich denn machen? Ich weiß doch gar nicht, wie. Ich weiß doch nichts. Ich weiß doch überhaupt gar, gar, gar nichts.»

Zitterwurzel zuckte ratlos mit den Schultern.

Mit einem Mal zog der Kobold die Augenbrauen ganz weit hoch. «Schiroccina! Jetzt kann nur noch Schiroccina helfen!»

«Schiroccina? Wer ist das denn?»

«Schiroccina ist eine Windhexe.»

«Eine Hexe?»

Lilli glaubte, nicht richtig zu hören. Langsam wurde ihr dieser Erdkobold immer unheimlicher. Wenn der jetzt auch noch eine Hexe herbeirief? Das hatte Lilli noch gefehlt! Andererseits, hier ging es um Macho! Ganz viele Fragen schwirrten Lilli im Kopf herum. Aber bevor sie dazu kam, eine zu stellen, klopfte es an der Balkontür. Lilli zuckte zusammen, versteckte sich in ihrem Bett und flüsterte Zitterwurzel ängstlich zu: «Vielleicht ist das die Hexe?»

«Dann sind wir gerettet!», versicherte Zitterwurzel.

Der Erdkobold schien tatsächlich keine Angst vor dieser Hexe zu haben. Er zitterte kein bisschen. Im Gegenteil. Er atmete auf und meinte zuversichtlich: «Jetzt kann doch noch alles gut werden!»

Zitterwurzel öffnete die Tür.

Ein schlankes mädchenhaftes Wesen kam schwungvoll hereingestürmt. Es schmunzelte schlitzohrig, lief schnurstracks auf Lilli zu und begrüßte sie wie eine alte Freundin. Vom Alter her hätte sie eine große Schwester von Lilli sein können.

«Hey, Lilli, tut mir leid, dass ich den Durch-die-Wand-geh-Trick noch nicht draufhabe. Aber ich arbeite dran.»

Lilli blieb zunächst noch unter ihrer Bettdecke und lugte hervor. «Bist du die Hexe?», fragte sie skeptisch.

«Ich? Nein. Ich bin ...»

«Kiko! Das ist Kiko! Eine Elfe!», rief Zitterwurzel. Und freudig hüpfte er von einem Bein auf das andere.

Kiko haute Zitterwurzel zur Begrüßung freundschaftlich auf die Schulter. «Na, du alter Zitterbold! Das hast du ja mal wieder prima hingekriegt. Noch nicht mal kleine Hunde kannst du beschützen.»

Zitterwurzel wollte lächeln. Aber sein schlechtes Gewissen ließ es nicht zu.

Lilli krabbelte aus ihrem Bett und betrachtete Kiko ganz genau. So also sah eine Elfe aus. Kikos Kleid schimmerte in allen Farben des Regenbogens. Sie trug knöchelkurze, schlüsselblumengelbe Gummistiefel. Und ihr Haar war rotgolden wie die untergehende Sonne.

Lilli hatte das Gefühl, dass sie ihr vertrauen konnte. «Kannst du mir helfen, Macho zurückzuholen?» Als Lilli den Namen ihres Freundes aussprach, spürte sie, wie ihr die Tränen in die Augen schossen. Dabei wollte sie gar nicht weinen. Doch ohne Macho fühlte sie sich so mutlos, so schwach, so allein gelassen. Lilli wollte stark sein und nicht weinen. Aber ganz klappte es nicht.

«Bitte, Kiko, du musst mir helfen!», schluchzte Lilli. Aber dann hatte sie sich schnell wieder im Griff.

Kiko machte ihr Mut. «Lilli, ich glaub, du bist viel stärker, als du denkst! Außerdem kann ich dir wohl ein bisschen helfen. Und dann ist da ja auch noch Schiroccina!»

«Aber das ist doch eine Hexe ...», sorgte sich Lilli.

Die Elfe führte Lilli zur Balkontür und zeigte an den Nachthimmel. Im Mond war das Gesicht einer jungen, schönen Frau zu erkennen. Lilli kam es so vor, als würde sie ihr zulächeln und ihr Mut machen.

«Das ist Schiroccina. Sie wartet schon auf uns im Reich des gläsernen Mondes.»

«Aber wie sollen wir da nur wieder hinkommen?»,

erkundigte sich Zitterwurzel. Er war so verzweifelt, dass er vor seinen Augen lauter Fragezeichen herumtanzen sah. Und er jammerte in einem fort «Oje, oje, oje, oje! Oje, oje, oje, oje!».

Und auch Lilli konnte sich beim besten Willen nicht vorstellen, wie das gehen sollte.

Kiko gingen die beiden mit ihren Zweifeln auf die Nerven. «O nee! Ich glaub es nicht!», schimpfte sie. «Warum bin ich wohl hier? Bestimmt nicht, damit wir alle hier rumsitzen und jammern!

Wir drei werden jetzt ganz gemütlich zusammen ins Reich des gläsernen Mondes reisen. Und wisst ihr auch womit? Hiermit!»

Die Elfe holte einen kleinen, seidig glänzenden Beutel aus ihrer Tasche. «Da ist Schiroccinas berühmter Flugsamen drin. Eine Spezialzüchtung von ihr. Der bringt jeden Teppich in null Komma nix zum Abheben. Na, schnallt ihr's langsam?»

«Kiko … ich hab aber keinen Teppich», erklärte Lilli kleinlaut.

«O nee! Bitte! Sag sofort, dass das nicht wahr ist!» Die Elfe verzog ihr Gesicht und sah aus, als ob sie plötzlich Bauchschmerzen bekommen würde.

«Aber vielleicht geht es ja auch hiermit?», schlug Lilli vor. Sie schnappte sich einen Zipfel ihrer Bettdecke und zog sie vom Bett herunter auf den Boden.

Kiko schaute sich die Bettdecke genau an. «Tja, warum nicht? Schiroccina hat gesagt, es ist ein sehr starker Flugsamen. Vielleicht bringt der ja auch Bettdecken zum Fliegen. Kommt auf einen Versuch an.»

Lilli und Kiko legten Lillis Bettdecke mit dem Sonne-Mond-und-Sterne-Muster auf den Boden. Aus den Falten der Bettdecke kam plötzlich ein roter Stofffetzen mit weißen Punkten zum Vorschein.

«Das gehört Macho!», rief Lilli aufgeregt. «Das ist sein Glücks-Halstuch.»

«Sein Glücks-Halstuch? Das könnte er jetzt bestimmt gut gebrauchen!», meinte Kiko. «Okay! Sehen wir zu, dass er es so schnell wie möglich zurückbekommt.»

Lilli nickte und steckte das Halstuch in ihre Tasche.

Kiko öffnete ihren Beutel und streute blinkenden Flugsamen auf die Bettdecke. Er löste sich in kleine Lichtpunkte auf.

Dann forderte die Elfe Lilli und Zitterwurzel auf, Platz zu nehmen. Zitterwurzel setzte sich ganz in die Mitte der Decke und schaute sich ängstlich nach allen Seiten um. Ihm war das alles gar nicht geheuer. Er hatte lieber festen Boden unter den Füßen.

«Oje, oje, oje!», seufzte er. «Hoffentlich schaukelt's nicht so beim Fliegen!»

Beim Gedanken an die schaukelnde Decke bekam auch Lilli ein flaues Gefühl im Magen. Aber sie wollte sich vor Kiko nicht blamieren. Außerdem wusste sie ja, für wen sie es tat: für ihren Macho! Also nahm sie sich vor, ganz tapfer zu sein – egal, wie sehr es schaukelte. Vorsichtig ging Lilli neben Zitterwurzel in die Knie. Sie holte Machos Halstuch aus der Tasche, band es sich um und hoffte, dass es ihr Glück bringen würde.

Kiko kontrollierte, ob sich ihre beiden Freunde auch sicher hingesetzt hatten. «Alles klar? Wenn's schaukelt ... keine Panik! Genießt es einfach. Fliegen ist das Schönste, was es gibt!»

Lilli und Zitterwurzel waren sich da nicht so sicher. Sie schauten sich an und machten sich gegenseitig Mut.

Kiko gab das Zeichen zum Start. «Also dann, zurücktreten von der Bettdeckenkante! Gleich geht's los!»

Dann verstreute die Elfe noch einmal eine Portion Flugsamen. Er löste sich in blinkende Lichtpunkte auf und hüllte sie ein.

Langsam hob Lillis Bettdecke vom Boden ab.

Und so flogen die drei durch die Balkontür davon: die Elfe Kiko, der Erdkobold Zitterwurzel und Lilli.

6. Kapitel

Lillis Bettdecke segelte über den Garten. Aber so ganz klappte es noch nicht. Die Decke schwankte heftig hin und her. Kiko war unzufrieden, weil sie nicht richtig in Fahrt kamen. «Irgendetwas bremst. Zitterwurzel, Lilli, ich hoffe, ihr beide habt nicht zu viel Schiss. Dann kommen wir nie in die richtige Flugbahn!»

«Dudududududu hast gut reden, Kiko», verteidigte sich Zitterwurzel, «dududu kannst selbst fliegen.» Der Erdkobold schlotterte vor Angst, sodass die ganze Decke flatterte.

«Halt still, du Schlotterbold! Sonst stürzen wir noch ab! Wie kann man sich nur so anstellen? Nimm dir ein Beispiel an Lilli. Die ist tapfer. Bleibt ganz ruhig sitzen und konzentriert sich.»

Lilli saß stumm und mit zusammengekniffenen Augen auf ihrer fliegenden Decke. Sie war froh, dass Kiko dachte, sie würde sich konzentrieren. Denn in Wirklichkeit hatte sie genauso viel Angst wie Zitterwurzel. Aber sie wollte nicht, dass die Elfe das merkte. Irgendwie musste Lilli ganz schnell ihre Angst loswerden. Denn die Decke schwankte immer mehr – und begann sogar zu trudeln.

«Du musst aufhören zu schlottern, Zitterwurzel! Sonst stürzen wir ab!», warnte Kiko.

Lilli bekam einen Schreck. Da war sie bestimmt genauso schuld dran. Denn sie hatte ja auch Angst. Aber Lilli hielt die Luft an, damit keiner etwas merkte.

Inzwischen trudelte die Decke immer mehr und flog enge Kurven über dem Garten.

«Oje, oje, oje, oje! Es schlottert immer weiter in mir!», rief Zitterwurzel.

Lilli kniff ihre Augen noch fester zu und krallte sich in den Falten ihrer Schlafdecke fest. Sie zitterte auch.

Mit Schwung stieg die Decke plötzlich hoch. Dann drehte sie ab und nahm unweigerlich Kurs auf den Rasen. Mit einem mächtigen Plumps landeten sie schließlich im Gras.

Zunächst war nur ein riesiger Bettdeckenklumpen zu sehen, der sich in alle möglichen Richtungen verformte. Klägliche Laute kamen darunter hervor: «Aua!», «Hey, das ist mein Bein!» oder «Wem gehört denn dieser Quadratlatschen?».

Dann kletterten nacheinander Kiko, Lilli und zuletzt Zitterwurzel unter der Decke hervor. Alle drei sahen mitgenommen aus. Aber zum Glück hatte sich keiner ernsthaft verletzt.

«O nee, Leute! So wird das nichts!», erklärte Kiko genervt. «So kommen wir nie ins Reich des gläsernen

Mondes! Wenn ihr so viel Angst habt, hilft der stärkste Flugsamen nicht!»

«Ich hab keine Angst!», sagte Lilli schnell. Das war zwar gelogen. Doch Lilli wollte sich vor der Elfe nicht blamieren.

«Aber hier, unser Schlotterkobold, der hat die Hosen gestrichen voll. Zitterwurzel, wenn du zu viel Schiss hast, musst du hier bleiben!», drohte Kiko.

«O nee, o nee, o nee, o nee! Bitte! Nehmt mich mit!», flehte Zitterwurzel.

Lilli verteidigte den Kobold. «Jeder kann doch mal Angst haben, Kiko. Und wir können ihn doch nicht hier lassen!»

«Quatsch! Natürlich können wir das nicht, Lilli! Schiroccina wäre stinksauer. Aber wenn der die ganze Zeit wie blöd rumzittert … dann kann der fliegende Teppich seine Bahn nicht halten.»

«Iiiich hätte deine Wärmflasche mitnehmen sollen, Lilli!»

«Hast du aber nicht. Und jetzt muss es eben ohne gehen», stellte Kiko fest. «Also, seid ihr bereit für einen neuen Versuch?»

Lilli und Zitterwurzel nickten und nahmen wieder auf der Bettdecke Platz. Lilli reichte Zitterwurzel die Hand und flüsterte ihm zu: «Hier! Wir halten uns gegenseitig fest. Dann haben wir keine Angst!»

Zitterwurzel nahm Lillis Hand und hielt sie ganz fest. Lilli spürte sofort, dass sie sich viel besser fühlte, viel mutiger und stärker. Und auch der Kobold merkte, wie es wirkte. Er musste plötzlich gar nicht mehr zittern.

«Alles klar?», erkundigte sich Kiko.

«Alles klar!», riefen Lilli und Zitterwurzel laut.

«Also dann – denkt einfach an was Schönes! Freut euch auf die Sterne!»

Lilli und Zitterwurzel drückten sich gegenseitig Mut zu.

Kiko gab erneut das Zeichen zum Start. «Zurücktreten von der Bettdeckenkante! Gleich geht's los!»

Dann verstreute die Elfe neuen Flugsamen. Er löste sich wieder in blinkende Lichtpunkte auf und hüllte die drei ein.

Mit Schwung hob die Bettdecke erneut vom Boden ab.

Und Kiko, Zitterwurzel und Lilli segelten hoch in den Nachthimmel ...

Diesmal schaukelte die Bettdecke nur noch ganz wenig. Und nach und nach ging das Schaukeln immer mehr in ein sanftes Gleiten über.

Zitterwurzel und Lilli hielten sich fest. Ihr machte das Fliegen jetzt sogar Spaß. Es war noch schöner als Karussell fahren. Über ihr konnte sie die Sterne vorbeiflitzen sehen. Unter ihr wurden die Häuser der Stadt immer kleiner. Die Straßen zogen sich wie breite Striche durch die Landschaft. Und wenn Lilli ganz genau hinschaute, konnte sie sogar den Wetterhahn auf ihrem Zuhause sehen. Er wurde immer kleiner, bis er nur noch als winziger Punkt zu erahnen war.

Groß und leuchtend ging der Mond auf und tauchte die Umgebung in fahles, blaues Licht.

Zitterwurzel kniff ängstlich die Augen zu, zog seine Mütze tief ins Gesicht und hielt sich krampfhaft an Lillis Hand fest. Lilli spürte den Flugwind im Gesicht und dachte an Macho. Wo immer er jetzt war, er wartete bestimmt sehnsüchtig auf sie. Und Lilli war wild entschlossen, ihren Freund zurückzuholen.

Kiko kontrollierte die Flugrichtung und passte auf, dass sie sich nicht irgendwo in der Milchstraße verirrten.

So sausten die drei Freunde auf Lillis Bettdecke durch den sternenübersäten Nachthimmel, am Mond vorbei.

Eine rötlich schimmernde Wolke segelte aus den Tiefen des Himmels auf sie zu und wies ihnen den Weg zum Reich des gläsernen Mondes. Hier tauchte der Mond alles in rötliches Licht und schien fast so hell wie die Sonne.

Das Reich des gläsernen Mondes liegt hinter den sieben Abendbergen. Jeder von uns war schon einmal da. Denn hier leben die Bilder und Wünsche aus unseren Träumen weiter. Hier ist alles möglich. Und wenn etwas nicht möglich ist, so liegt es nur daran, dass wir es uns nicht vorstellen können.

Im Reich des gläsernen Mondes gibt es Hügel, Wälder, Felder, Höhlen, Flüsse, Meere, Seen – und es gibt Orte, die sehr besonders sind, geheime Orte, die nur derjenige entdecken kann, der nach ihnen sucht.

Kiko, Zitterwurzel und Lilli konnten von der fliegenden Bettdecke aus die ersten Hügel und Wälder erkennen. Die Elfe nickte ihren Reisegefährten aufmunternd zu. Das Ziel ihrer Reise war nicht mehr fern.

Da raste plötzlich ein Windstrudel auf die drei zu und umkreiste die Bettdecke. Sie schwankte bedrohlich. Lilli hielt sich an Zitterwurzel fest, und der Kobold umklammerte zitternd die Elfe.

«Oje, oje, oje, oje! Das ist bestimmt Giacomo Fumo!»

«Dann soll er sofort meinen Macho rausrücken!», verlangte Lilli trotzig.

Und tatsächlich: In der Mitte des Windstrudels war schemenhaft ein Gesicht zu erkennen. Es lachte teuflisch. Laut und unheimlich dröhnte Fumos Stimme durch die Nacht. «Mein Herz, ich will mein Herz zurück, Lilli!»

«Ich kann doch nichts dafür, dass Sie Ihr Herz verloren haben!», rief Lilli dem Wind zu. «Ich will jedenfalls sofort meinen Macho zurück!»

«Das wäre ein schlechtes Geschäft!», erwiderte Fumo. «Nur du kannst mein Herz wiederfinden.»

«Ohne Macho kann ich gar nichts!»

«Ohne Herz kein Macho!»

«Aber ...» Lilli wollte noch etwas erwidern.

«Kein Aber!», donnerte Giacomo Fumo. «Entweder zu meinen Bedingungen oder gar nicht!»

Und der Windstrudel umkreiste die Bettdecke immer heftiger – bis die Decke ins Schleudern kam und in die Tiefe stürzte.

Kiko, Zitterwurzel und Lilli krallten sich aneinander fest. Lilli wurde es ganz schwarz vor Augen. Ihr Magen drehte sich um. Sie hatte Angst, dass sie alle zusammen in ein großes schwarzes Loch stürzen würden – tiefer und immer tiefer.

Lilli fürchtete schon, sie würde Macho nie mehr wieder sehen. Dicke Tränen schossen ihr in die Augen. Sie kniff ganz fest die Augenlider zusammen und hielt vor Angst die Luft an. Plötzlich gab es einen Ruck. Die Wucht des Aufpralls rüttelte Lilli heftig durcheinander. Wasser spritzte auf, und Lilli spürte, wie sie von dicken Tropfen durchnässt wurde. Als sie die Augen öffnete, entdeckte sie Kiko und Zitterwurzel neben sich. Zusammen saßen sie noch immer auf der Bettdecke.

Aber die Decke schwamm jetzt auf einem See, auf einem großen See.

«Glück gehabt!», stellte Kiko fest. «Die Kraft des Flugsamens reicht noch aus, um die Decke zum Schwimmen zu bringen.»

«Aaaaaber wie lange noch?», wollte Zitterwurzel wissen.

«So lange, bis sie untergeht», erklärte Kiko.

«Oje, oje, oje, oje! Aber ich kann doch nicht schwimmen!»

«Du schwimmst doch von selber – wie eine große Kobold-Kugel, oder besser wie ein Kobold-Ball, ein Kobold-Wasserball!» Kiko musste lachen, als sie sich das vorstellte.

«Iiiiiich finde das gar nicht witzig!», beschwerte sich Zitterwurzel.

Und auch Lilli war nicht zum Lachen zumute. Sie wusste nicht, ob sie sich auf dem schwankenden Bettdeckenfloß wirklich sicher fühlen konnte. Ängstlich schaute sie sich um.

«Sind wir hier richtig, Kiko?»

«Also, so viel steht fest … wir sind im Reich des gläsernen Mondes, das ist schon mal gut. Weniger gut ist allerdings, dass wir nicht da gelandet sind, wo wir eigentlich landen sollten.»

«Und wo sind wir hier?»

«Auf dem großen Tränensee. Hier fließen die Tränen von all denen zusammen, die aus Angst weinen.»

Zitterwurzel fingt direkt an zu wimmern. «Oje, oje, oje, oje! Kiko! Dann sind meine da jetzt auch gleich drin! Ich hab nämlich ganz viel Angst vor Wasser!»

«Du hast doch vor allem Angst, du Schlotterbold!»

«Aaaaber da kann ich doch nichts für! Dadadadadas steckt einfach so in mir drin. Und plötzlich kommt es raus. Oje, oje, oje, oje! Überall habe ich Gänsehaut. Und die Pöckelchen werden immer größer! Oje, oje, oje, oje! Kiko! Ich glaub, gleich sind sie so groß wie Hühnereier!»

«So 'n Quatsch! Das bildest du dir alles ein! Jetzt reiß dich mal zusammen, du zitternder Wimmerling! Nimm dir ein Beispiel an Lilli! Was soll die von dir denken?»

Lilli versuchte zu lächeln. Sie konnte gut verstehen, wie Zitterwurzel sich fühlte. Ihr war das alles hier auch unheimlich. Sie spürte, wie sie ebenfalls am ganzen Körper Gänsehaut bekam. Aber Lilli wollte nicht, dass Kiko das merkte. Lilli wollte kein zitternder Wimmerling sein wie der Erdkobold. Sie biss die Zähne fest zusammen, spannte ihre Muskeln an, kniff die Augen zu und versuchte sich vorzustellen, dass Macho bei ihr wäre. Denn mit Macho zusammen fühlte Lilli sich mutig.

Doch dann öffnete sie die Augen wieder, und was Lilli sah, machte ihr wenig Mut: Sie trieben mit dem Bettdeckenfloß immer weiter auf die Mitte des Sees zu. Weit und breit war nur Wasser zu sehen. Es glänzte wie ein riesiger Spiegel. Das Ufer des Sees war von einem Wald umgeben. Die großen, dunklen Bäume bewachten das Wasser wie schwarze Riesen.

«Kiko, glaubst du denn, dass uns Schiroccina, also diese Hexe, hier findet?», erkundigte sich Lilli zaghaft.

«Tja, das kann sein. Kann aber auch nicht sein. Wir waren eigentlich in der Nähe ihrer Höhle verabredet. Durch den Angriff von Giacomo Fumo sind wir ganz schön vom Kurs abgekommen.»

«Oje, oje, oje, oje! Was machen wir denn jetzt?»

Ratlos starrten die drei auf den See.

«Wenn du noch Flugsamen hast, Kiko, könnten wir ja mit der Bettdecke wegfliegen», schlug Lilli vor.

Die Elfe durchsuchte ihre Taschen … einmal, zweimal, dreimal. Aber sie fand nur noch ein paar mickrige Samenkörner. Die würden nie und nimmer reichen, um die Decke noch einmal in einen fliegenden Teppich zu verwandeln.

In dem Augenblick wünschte Lilli sich, dass sie selber fliegen könnte. Das brachte sie auf eine Idee. «Kiko, du bist doch eine Elfe und kannst fliegen.»

«Klar kann ich fliegen. Nur nicht besonders gut. Meine Kraft reicht nicht aus, um euch mitzunehmen.»

«Na ja, aber du könntest doch zu dieser Schiroccina fliegen und ihr sagen, wo wir sind.»

«Hey, Lilli! Das ist eine abhebemäßig gute Idee! Na klar! Warum bin ich da nicht selbst drauf gekommen! Am besten schwirr ich gleich mal ab!» Und schon wollte die Elfe davonfliegen.

Aber Zitterwurzel hielt sie am Zipfel ihres Kleides fest. «Oje, oje, oje, oje, warte, Kiko! Willst du uns hier etwa allein lassen?»

«Au Mann, Zitterwurzel, hast du das nicht kapiert? Ich will Hilfe holen. Außerdem ist Lilli doch bei dir.»

Lilli gab Zitterwurzel einen freundschaftlichen Knuffer. «Zusammen schaffen wir das schon!», sagte sie. Dass Lilli sich da selbst gar nicht so sicher war, verriet sie lieber nicht.

«Okay, dann haltet durch!», rief die Elfe den beiden zu. Und schon machte Kiko sich unsichtbar, indem sie sich in glitzernde Elfensternchen auflöste. Die schwirrten über den See davon und spiegelten sich in der Wasseroberfläche als funkelnde Wassersterne.

Lilli und Zitterwurzel schauten den Glitzerpünktchen nach, bis sie verschwunden waren.

Dann machte der Erdkobold sich ganz klein und schlug die Hände vors Gesicht. «O nee, o nee, o nee, o nee! Lilli! Glaubst du, die Bettdecke schwimmt, bis uns jemand rettet?»

«Klaro paro ratamaro!», erwiderte Lilli schnell, ohne nachzudenken. Wenn sie nachdachte, würde sie nur anfangen zu grübeln. Sie war sich gar nicht sicher, ob sie nicht mit Zitterwurzel mitten im See untergehen würde. Aber sie wollte nicht, dass der Erdkobold das merkte. Der hatte so schon Angst genug.

«Klaklaklaklaro paro ratamaro? Was heißt das? Ist das ein Zauberspruch?», erkundigte sich Zitterwurzel.

Lilli musste lachen. «Quatsch. Das habe ich mir einfach so ausgedacht.»

Der Erdkobold war sehr beeindruckt und wiederholte den Spruch immer wieder. «Klaklaklaklaro paro ratamaro. Klaro papapaparo ratamaro. Klaro paro rarararatamaro! Klaro paro ratamaro!» Dann meinte er: «Vielleicht ist das doch ein Zauberspruch. Ich hab schon viel weniger Angst.»

Lilli war skeptisch. Wenn das so einfach wäre mit den Zaubersprüchen! Bei ihr wirkte der Spruch jedenfalls nicht.

Lilli duckte sich auf der schwimmenden Bettdecke und suchte mit ihren Blicken ängstlich das Ufer ab.

Die Dunkelheit verwandelte die Bäume in bizarre Ungeheuer.

Lilli glaubte schaurige Gestalten zu erkennen.

Baumstümpfe wurden zu abscheulichen Riesenmonsteraugen, die sie dumpf anstarrten …

Äste, die ins Wasser hingen, verwandelten sich in riesige schlangenartige Krallenarme, die sich Lilli entgegenschlängelten …

Da! Auf einem besonders weit ausladenden Ast entdeckte Lilli einen großen tiefschwarzen Raben. Der Rabe schaute Lilli an – und Lilli sah, wie der Kopf des Raben größer und größer wurde. Weit riss er seinen riesigen Schnabel auf, so, als wollte er Lilli ganz verschlingen. Lilli hatte Angst. Sie hielt sich die Augen zu.

«Klaro paro ratamaro», flüsterte Zitterwurzel ihr ins Ohr.

Und auf einmal musste Lilli wieder lachen. Sie fand es lustig, dass Zitterwurzel glaubte, ihr Spruch sei ein Zauberspruch. Darüber vergaß sie sogar ihre eigene Angst.

«Zitterwurzel, wollen wir versuchen, ans Ufer zu paddeln?», schlug Lilli vor.

«Aber wowowowo ans Ufer? Schiroccina muss uns doch finden!»

Lilli schaute sich um. «Wo sie nur bleibt?»

Mit einem Mal ruckelte die Bettdecke. Sie setzte sich in Bewegung und trieb direkt auf das Ufer zu – schneller und immer schneller.

Lilli und Zitterwurzel hielten sich an den Falten der Decke fest.

In der Ferne hörten sie jemanden rufen: «Zitterwurzel, Lilli!»

Und ihre Namen hallten als Echo vom See zurück: «Zitterwurzelurzelurzelurzel, Lillilililiiiii!»

Das Bettdeckenfloß trieb immer schneller auf das Ufer zu. Zwischen den Bäumen konnten die beiden jetzt tanzende Elfensternchen sehen, die in der Luft glitzerten. Sie verdichteten sich, nahmen Gestalt an – und Kiko erschien. Hinter ihr tauchte zwischen den Bäumen eine Gestalt auf. Ihr buntes Gewand flatterte im Wind, zusammen mit ihren roten langen Haaren. Das musste die Windhexe Schiroccina sein! Gemeinsam eilten die beiden zum Ufer. Und kurz darauf landete das Bettdeckenfloß genau an dieser Stelle.

Zitterwurzel kletterte als Erster ans Ufer – besser gesagt, er versuchte es. Aber als er mit einem Bein die Steine am Ufer schon erreicht hatte, rutschte die Bettdecke mit Lilli hinten weg, und Zitterwurzel plumpste ins Wasser.

«Hihihihihihilfe! Ich ertrinke! Ich geh unter!», brüllte er und paddelte dabei hektisch mit den Armen.

«Quatsch! Du gehst nicht unter!», rief Kiko ihm zu. «Du kannst da doch stehen!»

Und wirklich, jetzt erst merkte der Kobold, dass das Wasser hier so flach war, dass seine Beine leicht bis zum Boden reichten.

Schiroccina streckte Zitterwurzel ihre Hand entgegen und zog ihn an Land.

«Oje, oje, oje, oje! Endlich! Endlich seid Ihr da, Meisterin!», rief Zitterwurzel der Windhexe zu. «Ich kann kein Wasser mehr sehen! Das war einfach zu viel! Zu viel Schauschauschaukeln, zu viel See, zu viel Wawawasser!»

Schiroccina schmunzelte. «Du hast dich doch tapfer geschlagen, Zitterwurzel!»

Dann kümmerte sich die Windhexe um Lilli, die mit der Bettdecke wieder ein Stück abgetrieben war. Mir einer langsamen, winkenden Handbewegung dirigierte Schiroccina die Bettdecke ans Ufer. Lilli war sehr beeindruckt.

Schiroccina reichte Lilli die Hand und half auch ihr, an Land zu kommen.

Auf den letzten Metern rutschte Lilli ebenfalls kurz ab. Aber die Windhexe hielt Lilli fest, sodass nur ihre Beine nass wurden. Als auch sie endlich wieder festen Boden unter den Füßen hatte, schaute sich Lilli die Windhexe ganz genau an, ihr fetziges Kleid und die wilden roten Haare. Schiroccina machte einen freundlichen Eindruck. Sie lächelte vertrauensvoll, und ihre grünen Augen strahlten Lilli an, als sei sie eine gute Freundin. Aber trotzdem war Lilli sich nicht sicher. Konnte sie einer Hexe wirklich trauen? Wenn sie sich nur verstellte? Lilli nahm sich vor, auf der Hut zu sein und alles genau zu beobachten. So ganz wohl fühlte sie sich nicht in ihrer Haut.

«Bist du wirklich eine Hexe?», fragte Lilli zaghaft.

Zitterwurzel begann sofort zu schwärmen, ehe die Windhexe auch nur ein Wort sagen konnte. «Schiroccina ist die beste Hexe, die ich kenne! Und die verständnisvollste!!!»

«Hast wohl Schiss, dass Schiroccina dir eins auf die Mütze gibt?», mischte sich die Elfe keck ein. «Denn du hast doch …»

«Pscht! Petze!», schnitt Zitterwurzel ihr das Wort ab. Und zerknirscht versuchte der Kobold der Windhexe etwas zu beichten. «Oje, oje, oje, oje! Meisterin, mir ist da leider was ganz Dummes passiert …»

«Du willst sagen, du hast mal wieder nur Mist gemacht?»

Zitterwurzel nickte schuldbewusst.

«Er hat Macho an Giacomo Fumo ausgeliefert», erklärte Lilli. Als sie das sagte, kullerte eine dicke Träne über ihre Wange.

Schiroccina lächelte das Mädchen tröstend an. «Ich weiß …»

Mehr sagte die Windhexe in diesem Moment nicht. Stattdessen winkte sie den dreien zu, ihr zu folgen, und ging davon.

Zitterwurzel stolperte gleich hinterher.

Lilli schaute die Elfe fragend an. «Wo geht Schiroccina denn jetzt hin?»

«In ihre Höhle.»

Ohne zu überlegen, lief Lilli Schiroccina und Zitterwurzel direkt hinterher.

«Hey, deine Decke!», rief Kiko ihr zu.

Lilli stoppte, drehte sich um und rannte schnell zu Kiko zurück. «Danke!», keuchte sie außer Atem.

Gemeinsam rollten sie die Decke zusammen und machten daraus ein Bündel. Dann liefen auch sie hinter Schiroccina her.

Lilli dachte an Macho. Sie fragte sich, wo er steckte. Was tat er wohl gerade? Und ging es ihm gut? Sie hoffte sehr, dass Schiroccina ihr helfen konnte.

7. Kapitel

Lilli folgte Kiko durch den dunklen Wald. Der Mond schien durch die Bäume und warf gespenstische Schatten. Nach einiger Zeit kamen sie zu einer Wiese. Auf der gegenüberliegenden Seite waren die Umrisse eines Berges zu erkennen.

«Da! Das ist der größte der sieben Abendberge», erklärte Kiko. «In diesem Berg liegt Schiroccinas Höhle.» Die Elfe führte Lilli zu einer mannshohen Öffnung, die von zwei brennenden Fackeln eingerahmt wurde. Eine hatte die Form der Sonne, die andere sah aus wie ein Halbmond. Das flackernde Licht erhellte die Felswand des Berges. Zwischen den bemoosten Steinen wuchsen Schlüsselblumen, die im dunklen Grün aussahen wie sattgelbe Lichtpunkte.

Lilli folgte Kiko ins Innere des Berges. «Glaubst du, dass Schiroccina und Zitterwurzel schon da sind?», fragte sie.

«Klar! Sonst würden die Fackeln nicht brennen!»

Auch im Innern der Höhle brannten Fackeln. Sie zauberten tanzende Schattenmuster auf den Boden des Ganges, der zur Haupthöhle führte. Lilli staunte, als sie endlich in dem großen Gewölbe ankamen. An den Seiten waren viele geheimnisvolle Nischen. Tiefe

Spalten, die nach außen führten, bildeten natürliche Fenster. Gardinen waren da überflüssig. Die Einrichtung war einfach, wie es sich für eine Höhle gehörte. Eine Couch und Stühle gab es nicht, nur terrassenartige Stufen im Boden. Darauf lagen farbige Teppiche und bunte Kissen. Lilli fand, dass das sehr gemütlich aussah.

In den Regalnischen, die in die Höhlenwände gehauen waren, befanden sich jede Menge Tiegel und Töpfchen, Gläser mit Kräutern, Samen und getrockneten Blüten. Außerdem standen Flaschen herum, die mit allerlei rätselhaften Flüssigkeiten gefüllt waren – tintenblaue, giftgrüne, rosenrote.

An Leinen, die im Raum gespannt waren, hingen getrocknete Lavendelsträuße. Und in der Mitte des Raumes befand sich eine offene Feuerstelle. Darüber hing ein Topf, aus dem es nach Honig duftete und nach noch etwas ... etwas, das so ähnlich roch wie Brombeeren. Aber da war Lilli sich nicht sicher. Gerade wollte sie Schiroccina danach fragen, da nahm die Windhexe den Topf vom Feuer, und als ob sie Lillis Gedanken lesen könnte, meinte sie: «Holunderbeeren! Was du da riechst, sind Holunderbeeren. Ich habe erst mal einen großen Topf Holunderbeersaft warm gemacht. Der hilft gegen Erkältung!»

«Oje, oje, oje, oje! Hoffentlich!», meldete sich Zitterwurzel. Dick in eine Decke eingemummelt, hockte er in der Nähe des Feuers. Seine Klamotten hingen zum Trocknen auf der Leine.

«Deine Sachen sind schon fast wieder trocken, stimmt's, Lilli?», fragte Schiroccina. «Sollen wir sie trotzdem noch zum Trocknen aufhängen?»

Lilli schüttelte den Kopf. Sie hatte gar nicht vor, lange bei der Windhexe zu bleiben. Sie musste sich doch um Macho kümmern.

Schiroccina reichte ihr einen Becher mit dampfendem Holunderbeersaft. «Achtung, heiß!», warnte sie.

Lilli pustete, damit sich der Saft abkühlte. Dabei schaute sie sich in der Höhle um. «Weißt du, wo Macho ist?», fragte sie die Windhexe ungeduldig. «Ich will ihn sofort wiederhaben! Ist er hier irgendwo versteckt?»

Schiroccina schüttelte den Kopf. «Nein, dann hätte ich ihn dir doch schon längst wiedergegeben!»

Lilli fühlte sich ratlos und verzweifelt. «Aber wo ist er denn? Schiroccina, wenn du eine weise Hexe bist, musst du das doch wissen!»

«Klar weiß Schiroccina das», mischte sich Kiko ein.

«O ja, o ja, o ja, o ja!», stimmte Zitterwurzel zu.

«Also wo?», bohrte Lilli weiter.

«Jetzt trink erst mal einen Schluck», meinte Schiroccina. «Wenn ich dir jetzt verrate, wo Macho ist, nützt dir das wenig.»

Das sah Lilli ganz anders. «Wieso das denn? Dann weiß ich wenigstens, wo ich ihn holen kann. Also, wo kann der Wind ihn hingeschleppt haben?»

Wütend boxte sie plötzlich gegen ein Kissen. «Dieser blöde Wind! Was fällt dem eigentlich ein? Einfach meinen Macho zu rauben! Der spinnt, der blöde Fumo!»

«Lilli, weißt du, warum er das getan hat?», fragte Schiroccina.

«Ja, klar. Weil er sein Herz zurückhaben will. Aber wenn er's unbedingt zurückhaben will, warum holt er sich's dann nicht selber?»

«Er lässt eben gerne andere für sich arbeiten», scherzte die Elfe.

Zitterwurzel fand, dass die Lage viel zu ernst war, um Witze zu machen. «O nee, o nee, o nee, o nee, Kiko! Du kapierst auch gar nichts. Giacomo Fumo kann es doch gar nicht selbst holen.»

«Warum denn nicht?», wollte Kiko wissen.

Schiroccina begann zu erklären: «Es gibt da eine Weissagung ...»

«Eine Weissagung, die besagt, dass ein Hund Giacomo Fumo sein Herz wiederbeschafft?» Kiko fing an zu lachen.

Zitterwurzel wollte sie aufklären: «Nein, nur ein Mensch kann es wiederbeschaffen!»

«Komische Weissagung!», meinte Kiko.

«Tja, mit Weissagungen ist das so eine Sache …», begann Schiroccina.

«Da erscheinen manchmal Dinge,
die geschehen
am Anfang ohne Sinn
und zielen am Ende
doch auf eine Lösung hin.»

«Gibt es denn auch eine Weissagung, die sagt, dass Lilli dieser Mensch ist?», erkundigte sich Kiko.

«Quatsch! Das glaub ich einfach nicht!», rief Lilli. Ihr reichte es jetzt. «Schiroccina, kannst du Macho nicht wieder herbeizaubern?»

«Diese Art von Zaubertricks beherrsche ich leider nicht.»

«Hey, was bist du denn für eine Hexe?», beschwerte sich Lilli. Aber dann hatte sie einen neuen Plan. «Na gut, dann holen wir beide Macho eben so wieder zurück. Los, komm, Schiroccina, schnell!» Lilli konnte es gar nicht schnell genug gehen. Sie zog die Windhexe in Richtung Höhlenausgang.

«Lilli, ich würde dich ja gerne begleiten», entschuldigte sich Schiroccina und löste sich sanft. «Aber heute Nacht ist Vollmond …»

«Ja und? Bist du vielleicht mondsüchtig?»

Die Windhexe lachte.

«Der Mond ist eher süchtig nach ihr», erklärte Kiko.

Und Zitterwurzel ergänzte: «Wenn der Vollmond nach seiner Reise durch die Nacht untergeht, dann muss Schiroccina ihn begleiten.»

«Warum das denn?» Lilli verstand jetzt überhaupt nichts mehr.

«Na ja ...», erläuterte Zitterwurzel weiter, «sonst taucht der Mond nie wieder auf!»

«Hä? Bei uns taucht der immer wieder auf. Von ganz allein. Was habt ihr denn hier für einen komischen Mond?»

«Wir nennen ihn den ‹gläsernen Mond›», erzählte Kiko. «Und in seinem Reich ist eben alles ein bisschen anders.»

«Verstehe. Euer Mond heißt ‹gläserner Mond›, weil er so empfindlich ist und Schiss hat, allein zu bleiben. Stimmt's, Schiroccina?»

Die Windhexe lachte. «Nein, ‹gläserner Mond› heißt er, weil sich in ihm alle Geschichten spiegeln.»

Lilli versuchte sich vorzustellen, wie das gehen sollte. Das wollte ihr nicht so recht gelingen. Aber auf jeden Fall hatte sie verstanden, dass Schiroccina wegmusste. Fragte sich nur, wann.

«Schiroccina, musst du denn jetzt sofort los?»

«Nein, Lilli. Erst wenn der Mond die sieben Abendberge erreicht hat.»

«Das hat er bestimmt noch nicht!» Und so schnell sie konnte, lief Lilli zum Eingang der Höhle, um nach dem Mond zu schauen.

Schiroccina, Kiko und Zitterwurzel folgten ihr.

Vor der Höhle angekommen, schaute Lilli in die Ferne. Rötlich gelb stand der Vollmond noch über den sieben Abendbergen.

Lilli atmete auf. «Ich hab's doch gewusst. Der Mond ist noch da!»

Aber plötzlich war da, wo der Himmel die Erde berührte, Licht zu sehen, strahlendes Licht. Der Tag kündigte sich an im Reich des gläsernen Mondes.

Schiroccina entdeckte es sofort, als sie mit Kiko und Zitterwurzel aus der Höhle trat. Die Windhexe zeigte in die Richtung des Lichtes. «Da! Das Licht des Tages ist schon zu sehen. Nicht mehr lange, und der Mond verschwindet.»

«Och nee!», beschwerte sich Lilli sauer. «Kann der blöde Mond nicht einmal seinen Weg allein finden bis zur nächsten Nacht?»

Zitterwurzel schüttelte den Kopf. So heftig, dass ihm fast schwindelig wurde. «O nee, o nee, o nee, o nee, nein! Bloß das nicht!»

Und Schiroccina erklärte, was daran so gefährlich war. «Der Mond bleibt dann stehen und mit ihm unsere Zeit. Hier würde dann alles so bleiben, wie es ist. Damit wäre dein Macho für immer verloren, Lilli.»

«Und wenn jemand anders den Mond führt?»

«Lilli, leider, es geht nicht», sagte die Windhexe bestimmt. «Aber ich kann dir erklären, was du tun musst.»

8. Kapitel

Zurück in der Höhle, führte Schiroccina Lilli zu ihrer Zauberkugel, die auf einem Felsvorsprung unter einem Lichtspalt in einer Kuhle lag und von einem goldenen Tuch bedeckt war. Schiroccina zog das Tuch weg. Die gläserne Kugel schimmerte in allen Farben des Mondes.

«Dadadadas ist Schiroccinas Zauberkugel!», flüsterte Zitterwurzel Lilli zu.

«Vielleicht kann sie darin auch sehen, wo Macho steckt?»

Die Windhexe breitete ihre Hände über der Kugel aus, konzentrierte sich und schnippte dreimal mit den Fingern.

Die Kugel begann zu leuchten, leuchtete immer mehr – bis Lilli ein Bild sehen konnte, in dem alles in unwirkliches, eisig bläuliches Licht getaucht war. Zunächst war nicht viel zu erkennen, nur Eis, Eisberge, Eistäler. Genau so musste es in der Eiswüste ausgesehen haben.

«Was soll das denn?», fragte Lilli erstaunt. «Ich dachte, du zeigst mir, wo Macho steckt. Das da sieht ja aus wie die Eiswüste. Hat Giacomo Fumo ihn etwa dorthin geschleppt ...?»

«Nein. Ich zeige dir hier, wie alles begann. Damit du verstehst, was du tun musst.»

«Ich kenne die Geschichte doch, also die, wie der Wind sein Herz verloren hat.»

«Du kennst nur einen Teil, hier zeige ich dir, was noch dazugehört.»

Lilli schaute in Schiroccinas Zauberkugel. Jetzt erblickte sie eine blutleere Gestalt in einem weißgrauen Mantel, der dünn war wie Spinnweben. Es war Giacomo Fumo. Mit eiskalter Miene schaute er hinunter in eine Gletscherspalte – wo tief unten rot sein Herz leuchtete.

Unheimlich schallte die Stimme des Eisriesen aus der Zauberkugel heraus: «Nur ein Mensch kann dein Herz zurückbringen. Und dieser Mensch ist ein klei-

nes Mädchen. Ein kleines Mädchen mit großem Mut. Wenn es acht Jahre alt ist, kann es das Herz für dich wiederfinden ...»

Das Bild wurde jetzt verschwommener und verschwommener, bis es nur noch bläulich schimmerte.

Alle Augen waren auf Lilli gerichtet. Schiroccina, Zitterwurzel und Kiko warteten auf ihre Reaktion.

Sie starrte immer noch auf die magische Kugel. War

wirklich sie dieses Mädchen? Lilli konnte ihren Blick nicht von der Kugel lösen. «Aber der Eisriese hat nicht gesagt, dass dieses Mädchen ‹Lilli› heißt …»

Schiroccina berührte Lilli sanft an der Schulter. «Glaub mir, Lilli, du bist es. Du bist der einzige Mensch, der Giacomo Fumos Herz wiederfinden kann.»

Kiko und Zitterwurzel betrachteten Lilli ehrfürchtig.

Sie fühlte sich überhaupt nicht wohl in ihrer Haut. «Ich weiß gar nicht, ob ich das will. Immerhin hat Giacomo Fumo meinen Macho einfach mitgenommen. Wer sagt mir denn, dass er ihn wirklich freigibt, wenn ich ihm sein Herz wiederbeschaffe?»

«Giacomo Fumo war nicht immer so böse …», erklärte Schiroccina. Dabei seufzte sie und malte mit dem Finger Linien auf die Zauberkugel.

Lilli kannte das von ihrer Mutter. Die machte das, wenn sie den Vater um etwas bitten wollte. Lilli erinnerte sich an das Märchen, das ihr Vater ihr vorgelesen hatte: «Ich weiß, eigentlich war der Wind mal fröhlich. Er tanzte gerne und schlug lustige Windsaltos …»

«Ja, so war's!», erinnerte sich Schiroccina und lächelte. «Ich kannte ihn, als er noch ein Herz hatte. Da war er ganz anders. Als Giacomo dann sein Herz verloren hatte, ist er auch bei mir gewesen und hat verlangt, dass ich ihm helfe. So gern ich es getan hätte, ich konnte es nicht. Das hat mir Giacomo Fumo nie verziehen.»

«Kann ihm wirklich nur ein Mensch helfen?»

«Nicht irgendein Mensch, nur du! Lilli, nur du kannst dem Wind helfen. Und dann gibt er dir bestimmt auch deinen Macho zurück.»

«Ja, aber wie soll ich ihm helfen? Sein Herz ist doch in der Eiswüste. Muss ich da etwa auch hin?»

«Giacomo Fumos Herz ist nicht mehr in der Eiswüste. Der Eisriese hat dafür gesorgt, dass es an einen Ort gekommen ist, zu dem keiner Zugang hat.»

«Aber Schiroccina ... du bist gut! Wenn da keiner hinkann an diesen merkwürdigen Ort, wie soll ich das denn schaffen?»

«Lilli, du kannst es schaffen. Aber du musst drei Aufgaben lösen. Die erste Aufgabe besteht darin, dass du die Botschaft der Schatten herausfinden musst. Wenn du dieses Geheimnis löst, ergibt sich daraus die zweite Aufgabe und aus der zweiten die dritte.»

«Schaschaschaschatten!» Bei dem Wort allein schlotterten Zitterwurzel so heftig die Knie, dass alles an ihm schlackerte. Es sah aus, als stände der ganze Erdkobold unter Strom. «Oje, oje, oje, oje! Den Schaschaschaschatten möchte ich nicht begegnen!»

«Mir ist das egal! Ich hab keine Angst!», erklärte Lilli schnell.

Die Elfe umschwirrte Lilli begeistert. «Bravo! Endlich mal eine, die nicht immer die Hosen voll hat wie dieser zitternde Schlotterbold, stimmt's, Schiroccina?!»

Aber die Windhexe schüttelte den Kopf. «In diesem Fall solltest du nicht auf Kiko hören, Lilli. Man kann nur mutig sein, wenn man auch Angst hat. Aber noch hast du Angst vor der Angst, genau so wie Giacomo Fumo. Deswegen bist du auch auserwählt, ihm zu helfen.»

«Angst vor der Angst? So 'n Quatsch! Ich hab überhaupt keine Angst! Mit acht Jahren hat man keine Angst mehr, hat mein Papi gesagt.»

«Hörste das, Zitterwurzel!», neckte die Elfe. «Und du zitterst bei jedem bisschen wie ein Lämmerschwanz. Dabei bist du schon mindestens sieben mal siebenundsiebzig Jahre alt.»

«Das zittert einfach so aus mir raus ...», entschuldigte sich der Erdkobold.

Kiko foppte ihn, schwirrte erst rechts an seine Seite, dann links. «Feigling! Feigling! Du würdest die Aufgaben nie lösen!»

«Dududu auch nicht, du Großmaulelfe!»

«Großmaulelfen gibt es nicht! Großmaulelfen gibt es nicht!», trällerte Kiko, um Zitterwurzel noch mehr zu ärgern.

«Schluss jetzt!», rief Schiroccina, und der Klang ihrer Stimme ließ keinen Zweifel, dass sie es bitterernst meinte.

«Sie hat angefangen!», verteidigte sich Zitterwurzel und zeigte auf die Elfe.

«Er nervt, weil er immer Angst hat!»

«Schluss jetzt!», sagte Schiroccina noch einmal. «Kiko, du schaust nach, wo der Mond steht, und sagst Bescheid, wenn ich losmuss. Und du, Zitterwurzel ...»

«Iiiiich halt den Mund! Versprochen!», sagte er hastig, noch ehe die Windhexe ihren Satz beenden konnte.

So verschwand die Elfe nach draußen, und der Erdkobold hielt sich die Hand vor den Mund, um sein Versprechen auch wirklich zu halten.

Lilli hatte den beiden zugeschaut, war aber mit ihren Gedanken ganz woanders. Sie fragte sich, wie sie das alles schaffen sollte.

Schiroccina konnte Lillis Gedanken lesen. «Vertrau auf das, was du gut kannst, Lilli.»

«Was meinst du damit?»

«Das weißt du am besten.»

«Mir fällt aber grad nichts ein ...»

Zitterwurzel meldete sich und fuchtelte mit seinem ausgestreckten Zeigefinger wild in der Luft herum.

«Was ist los, Zitterwurzel?», fragte ihn Schiroccina.

«Meisterin, ich weiß was! Ich weiß, was Lilli besonders gut kann.»

Lilli schaute den Erdkobold verdutzt an. Sie hatte keine Ahnung, was er meinte.

«Lilli kann sich Sprüche ausdenken, Zaubersprüche.»

«Quatsch!», erwiderte Lilli.

«O doch! Klaro paro ratamaro.»

«Ach, das meinst du. Aber das sind doch einfach nur … Sprüche.»

«Sie können helfen, wenn es brenzlig wird», versicherte Schiroccina. «Und noch etwas hilft: der Zeigefingertrick.»

«O ja, o ja, o ja, o ja! Das ist ein guter Trick!»

«Ein Trick mit dem Zeigefinger?»

«Das ist einer von Schiroccinas Spezialtricks!»

«Wenn du die Spitze deines Zeigefingers auf den Zeigefinger von jemand anderem legst, dann könnt ihr euch gegenseitig stärken.»

Zitterwurzel wollte es gleich mit Lilli ausprobieren und hielt ihr seinen Zeigefinger hin. Lilli berührte die Spitze mit ihrem Finger. Und wirklich – sie spürte, wie es in ihr kribbelte. Und wie sie sich irgendwie stärker fühlte.

«Machos Halstuch bringt mir bestimmt auch

Glück!», meinte Lilli, nahm das rote Tuch mit den weißen Punkten in die Hand und dachte an ihren Freund.

Schiroccina streute ein paar Lavendelsamen über das Tuch.

«Jetzt hat das Halstuch magische Kräfte. Aber du darfst es erst benutzen, wenn es wirklich keinen anderen Ausweg mehr gibt!»

Lilli nickte gedankenverloren. Sie hatte solche Sehnsucht nach Macho und konnte es gar nicht erwarten, ihn endlich wieder in ihre Arme zu schließen. Sie seufzte: «Und wenn ich doch gar nicht dieser besondere Mensch bin?»

«Doch, doch, du bist es, du kleine Kröte», hörte Lilli da eine uralte und quakige Stimme sagen.

Lilli stutzte, schaute sich genauer in der Höhle um und entdeckte im Halbdunkel auf einem Felsvorsprung eine Kröte. Sie sah genau so aus wie die Kröte, die Lilli im Vorgarten unter dem Haselnussstrauch gesehen hatte. Die gelben Krötenaugen funkelten sie an.

«Das ist Clothilde, die Orakelkröte», erklärte Schiroccina. «Sie hat dich erkannt. Damit ist es sozusagen amtlich, und es besteht kein Zweifel mehr. Lilli, du bist der Mensch, der Giacomo Fumo sein Herz wiederbringen kann.»

«Aber sie hat doch gesagt, ich bin eine Kröte.»

«Für Clothilde sind alle Wesen Kröten. Stimmt's, Clothilde?»

«Ganz recht, ganz recht, du große Kröte! Du solltest dich übrigens langsam auf den Weg machen ...»

Und richtig, durch einen Felsspalt fiel ein Lichtstrahl in die Höhle. In dem Moment kam auch schon Kiko herbeigelaufen. «Schiroccina, der Mond berührt schon die sieben Abendberge! Du musst aufbrechen! Sonst ist der Mond futsch!»

«Ich weiß!»

Schiroccina nahm Lilli in den Arm und drückte sie ganz fest. «Du schaffst es, Lilli!»

Auch Zitterwurzel wollte sie drücken. «Also dann ... tschödiwö, Lilli!»

«Was? Musst du auch weg?», erkundigte sich Lilli erschrocken.

«Ich muss doch die Meisterin begleiten.»

«Nein, Zitterwurzel, das musst du nicht. Diesmal begleitet mich Kiko. Und du bleibst bei Lilli.»

«O nee, o nee, o nee, o nee! Ich kann ihr doch sowieso nicht helfen!»

«Du kennst den Weg zu den Schatten.»

«Oje, oje, oje, oje! Aber ich wollte denen doch nie begegnen.»

Lilli zupfte den Erdkobold an seiner Mütze. «Bitte, Zitterwurzel, lass mich nicht allein!»

Zitterwurzel schaute Lilli einen Moment lang regungslos an und sagte dann: «Okay. Überredet.»

Jetzt nahm auch Kiko Lilli noch in den Arm und wünschte ihr viel Glück. Schiroccina blinzelte Lilli zu, klopfte Zitterwurzel aufmunternd auf die Schulter und stieg dann mit Kiko den Berg hinauf.

Lilli und Zitterwurzel liefen noch einmal in die Höhle, um ihre Sachen zusammenzupacken. Zitterwurzels Klamotten waren inzwischen trocken, sodass er seine normale Koboldkleidung wieder anziehen konnte. Lilli schnürte ihre Decke zu einem Bündel, und Zitterwurzel schnappte sich noch Schiroccinas Fernrohr, für alle Fälle. Der Erdkobold nahm Lilli das Bettdeckenbündel ab, warf es sich über den Rücken, und dann machten sie sich zusammen auf den Weg.

9. Kapitel

Zitterwurzel führte Lilli durch einen tiefen, dunklen Wald. Der Boden war schwer zu erkennen. Wenn Lilli nicht aufpasste, stolperte sie über die dicken Wurzeln der Bäume. Sie konnte kaum erkennen, wo der Weg hinführte. Der Wald wurde dichter, der Pfad schmaler, und Lilli kam das alles vor wie ein großer Waldirrgarten.

Zum Glück schien Zitterwurzel sich wirklich auszukennen. Er watschelte vorneweg, und die Strahlen der aufgehenden Sonne wiesen ihnen den Weg.

Lilli wusste nicht, wie lange sie schon mit Zitterwurzel durch den Wald gelaufen war. Sie dachte nur an Macho. Sie musste das Herz des Windes so schnell wie möglich finden, um ihn wiederzusehen.

Zitterwurzel wurde langsam müde. Seine Zipfelmütze war ihm über die Augen gerutscht, sodass er gar nicht mehr richtig sehen konnte. Prompt knallte er gegen den nächsten dicken Baum. Er wankte und ließ sich erst einmal auf einem Baumstumpf nieder, um zu verschnaufen.

Lilli klopfte ihm auf die Schulter. «Nicht einpennen, Zitterwurzel!»

«Oje, oje, oje, oje! Ein Erdkobold ist doch kein Rennschwein», jammerte er.

«Aber wir müssen uns beeilen. Macho wartet bestimmt schon. Und wir haben ja noch einiges vor.»

Zitterwurzel nickte sorgenvoll.

«Ist es denn noch weit zu den tanzenden Schatten?», wollte Lilli wissen.

«Na ja … schon …»

«Dann können wir jetzt keine Pause machen», bestimmte Lilli forsch. «Los! Weiter geht's!»

Noch immer benommen, versuchte Zitterwurzel aufzustehen. Wankend lief er los … und stolperte direkt wieder über eine Wurzel. Aber diesmal fing er sich so gerade noch. Tapfer rannte er weiter auf den Waldrand zu.

«Da vorne, wo der Wald zu Ende geht, können wir ja nochmal kurz anhalten, damit du wieder verschnaufen kannst», schlug Lilli vor.

Diese Aussicht spornte Zitterwurzel an. Er legte einen Gang zu und lief schneller.

Lilli atmete tief durch, als sie den Wald endlich hinter sich hatten. Sie ließ ihren Blick über die sanfte Hügellandschaft schweifen, die vor ihnen lag. In der Ferne entdeckte sie auf der Kuppe des höchsten Berges viele bunte Zelte, die aussahen wie ein Palast.

Lilli zeigte in die Richtung. «Was ist denn das, Zitterwurzel?»

«Dadadadadas ist der Palast des Windes», keuchte der Erdkobold. Er war immer noch außer Puste.

«Der Palast, in dem Giacomo Fumo wohnt?»

Zitterwurzel nickte.

«Den muss ich mir doch mal genauer anschauen!» Lilli schnappte sich Schiroccinas Fernrohr, das Zitterwurzel umgehängt hatte.

Der Palast war aus prachtvollen, bunten Zelten gebaut. Auf den Spitzen der Zelte drehten sich Windräder in allen Formen und Farben. Das größte Zelt stand in der Mitte. Es war nach vorne offen. So konnte Lilli sehen, dass ein großer Käfig von der Zeltkuppel herabhing. In dem Käfig saß etwas ...

Lilli stellte das Fernrohr genauer ein. Und jetzt konnte sie erkennen, was es war: ein kleiner weißer Hund. Einsam sah er aus und sehr traurig.

«Macho! Da ist Macho!», rief Lilli entsetzt. Ihre Finger zitterten, ihre Knie flatterten, und vor Aufregung fing sie an zu stottern: «Derderderderder Wind hält Macho in seinem Palast gefangen!»

Lilli reichte Zitterwurzel das Fernrohr. Auch er konnte Macho erkennen. «Oje, oje, oje, oje! Das schaukelt bestimmt ganz schön in diesem Käfiggefängnis!»

Lilli spürte, wie ihr die Tränen in die Augen schossen. Zitterwurzel wollte sie trösten und hielt Lilli die Spitze seines Zeigefingers hin. «Vielleicht hilft Schiroccinas Zeigefingertrick hier auch …»

Lilli legte die Spitze ihres Zeigefingers auf Zitterwurzels Finger.

Wie ein Blitz durchfuhr sie eine ganz besondere Kraft, die bis in ihre Fingerkuppen strömte. Plötzlich fühlte Lilli sich wieder stark: «Zitterwurzel, wir müssen Macho da rausholen!»

«Jajajajaja, klar», erklärte der Erdkobold zögernd. «Wenn wir die Sache mit den Schaschaschaschaschatten hinter uns haben!»

«Nein, Zitterwurzel! Jetzt sofort!» Lillis Stimme klang nun sehr energisch. «Wer weiß, was der Wind mit Macho anstellt?!»

Der Erdkobold fing an zu zittern, so sehr, dass seine Mütze wackelte. «Oje, oje, oje, oje! Lilli! Was glaubst du, was er mit dir anstellt, wenn du ihm nicht sein Herz bringst!»

«Dann müssen wir den Wind eben austricksen und Macho befreien, ohne dass er es merkt.»

«O nee, o nee, o nee, o nee! Wie soll das denn klappen?»

«Mir fällt schon was ein!»

«Aaaaaber deine Aufgabe … die Aufgabe, die du

lösen musst … Du weißt doch, was Schiroccina erzählt hat!»

«Da wusste ich ja auch noch nicht, wo Macho steckt. Und jetzt, wo ich es weiß, kann ich ihn doch nicht allein lassen in diesem wackelnden Käfiggefängnis!»

«Er kommt nur frei, wenn du deine Aufgaben löst!»

«Das wollen wir doch mal sehen!»

«Oje, oje, oje, oje! Lilli! Das geht bestimmt nicht gut!»

«Aber ich kann doch jetzt nicht einfach weiter zu diesen Schatten spazieren und Macho im Stich lassen!»

«Aaaaaber Giacomo Fumo …!»

«Jetzt komm schon, Zitterwurzel! Bis wir im Palast sind, fällt mir schon irgendwas ein!»

«Giacomo Fumo ist der windigste aller Winde! Gegen Fumissimo kommst du nicht an mit ‹irgendwas›!»

«Wenn du zu viel Schiss hast, kannst du ja hier auf mich warten.»

«O nee, o nee, o nee, o nee! Das würde mir Schiroccina nie verzeihen! Aber dass ich dich jetzt so einfach in den Palast gehen lasse, verzeiht sie mir wahrscheinlich auch nie!»

«Jetzt komm schon, Zitterwurzel! Wir kriegen das gemeinsam hin! Macho wartet auf uns!»

Lilli spürte, wie Macho sich nach ihr sehnte – und sie konnte es gar nicht mehr erwarten, ihn wieder in die Arme zu schließen.

Und wirklich, im fernen Palast des Windes dachte Macho an Lilli …

Ängstlich kauerte er auf dem Boden seines Käfigs und schaute sehnsuchtsvoll hinaus, wo der Mond groß und prall am Himmel stand.

Das Zelt, in dem sich Machos Gefängnis befand, wurde von Öllämpchen und bunt verzierten Laternen erleuchtet. Ihr flackerndes Licht warf gespenstische Schatten auf die Zeltwand und auf den Boden, auf dem viele bunte Kissen herumlagen. Wie gerne hätte sich Macho wenigstens auf eines der gemütlichen Kissen gekuschelt. Aber er war eingesperrt in diesen Käfig, der aussah wie ein großer Vogelkäfig. Der Käfigboden war kühl, und Macho zitterte. Leise begann er zu winseln.

Plötzlich begann der Käfig zu schaukeln.

Giacomo Fumo war unbemerkt ins Zelt gekommen und hatte dem Käfig einen Stups versetzt. Der Wind machte sich über Macho lustig. «Na, du erbärmlicher, winselnder Wimmerling, na los, heul nur! Am besten so laut, dass dich deine Freundin hört.»

Giacomo Fumo stieß den Käfig noch heftiger an.

Macho versuchte die Balance zu halten und stemmte sich mit seinen Vorderbeinen gegen den Boden des Käfigs. Das kleine Silberherz schaukelte an seinem Halsband.

Giacomo Fumo riss es ab, erinnerte sich an die Inschrift *«Von Lilli für Macho»* und meinte: «Dann hoffe ich für dich, dass deine Lilli mir mein Herz auch wirklich wiederbeschafft ... und zwar heute. Denn nur heute ist der Tag, an dem sich die Weissagung erfüllen kann. Und wehe, sie versucht irgendwelche Tricks! Dann wirst du dafür bezahlen!»

Giacomo Fumo steckte das Herz ein und fuchtelte Macho mit dem Zeigefinger ganz dicht vor der Nase herum. «Du siehst, nicht nur du wartest sehnsuchtsvoll auf Lilli. Ich auch!»

Und drohend kam er mit seinem Zeigefinger noch näher.

Blitzschnell biss Macho zu.

Giacomo Fumo fluchte. «Au! Du verfluchter Köter! Na, warte, ich steck dich in meine Turbo-Windhose! Die quirlt dich so lange durch, bis deine Beine mit deinen Ohren verknotet sind!» Vor Wut schnaubend, drückte der Wind auf einen roten Knopf, der an der Seite an einer Zeltstange angebracht war.

Der Boden unter dem Käfig öffnete sich.

Ein tosender Windstrudel wurde sichtbar.

Giacomo Fumo schnappte sich ein Kissen und warf es hinein. Das Kissen wurde vom Luftsog hinuntergezogen und verschwand in der wirbeligen Tiefe.

Kurz darauf kamen nur noch Federn nach oben geflogen.

«Siehst du, genau so werde ich Wuschelkonfetti aus dir machen!»

Giacomo Fumo lachte teuflisch und schnippte ein paar Federn weg.

Er drückte noch einmal auf den roten Knopf. Das Windloch schloss sich wieder, der Luftsog löste sich in einem Strudel auf und verschwand. Macho schaute ihm hinterher. Im schaukelnden Käfig kauerte Lillis kleiner Freund auf dem Boden und fiepte erbarmungswürdig. Ob er seine liebste und beste Freundin jemals wiedersehen würde? Wie sollte sie ihn hier finden? Ohne Hilfe konnte Lilli das doch niemals schaffen!

Macho konnte ja nicht ahnen, dass Lilli schon jemanden gefunden hatte, der ihr Hilfe versprochen hatte: Zitterwurzel.

Noch war er jedoch nicht ganz von Lillis Plan überzeugt: «Oje, oje, oje, oje! Glaubst du, wir schaffen das, Macho einfach so zu befreien?»

«Na klar, wir schaffen das!»

Energisch stapfte Lilli über die Wiese auf den Palast zu.

Zitterwurzel tippelte nur zögerlich hinterher.

«Und wenn uns Giacomo Fumo erwischt? Wenn du sein Herz nicht dabeihast, wird er böse werden. Und dann … O nee, o nee, o nee, o nee! Da mag ich gar nicht dran denken!» Mit gesenktem Kopf, aber entschlossen, Lilli nicht im Stich zu lassen, versuchte Zitterwurzel mit Lilli Schritt zu halten.

10. Kapitel

Im Palast des Windes wartete Macho sehnsüchtig darauf, dass Lilli kam und ihn befreite. Wie tot lag der kleine weiße, strubbelige Hund in seinem Käfig – bewegungslos, traurig.

Plötzlich war ihm, als hörte er, wie Lilli ihn von weit her bei seinem Namen rief. Macho hob den Kopf und spitzte die Ohren. Aber statt Lilli kam jemand anders ins Zelt: eine dicke, fette Kröte.

Macho stutzte, als er sie sah, dann bellte er dumpf. Die Augen der Kröte leuchteten gelblich und schienen ihn zu hypnotisieren. Machos Knurren wurde immer leiser, bis er nur noch sanft brummte.

Und mit ihrer uralten Krötenstimme begann Clothilde, die tausendjährige Orakelkröte, zu quaken: «Macho, du musst Lilli retten! Du schaffst es!»

Macho hörte aufmerksam zu, legte seinen Kopf schief und bellte kurz – als wollte er sagen «Aye, aye, Clothilde, verstanden!»

Als ein Windstrudel durchs Zelt fegte, verschwand die Kröte blitzartig. Giacomo Fumo tauchte auf. Schadenfroh machte er sich schon wieder über Macho lustig. «Na, du kläffender Köter! Deine Stunden sind gezählt. Lilli ist auf dem Weg hierher. Ich hoffe, sie hat mein Herz dabei. Und wenn ich es mir geschnappt habe, dann überlege ich mir, was ich mit dir mache. Gebratener Hund soll ja eine Delikatesse sein!»

Macho bellte ihn an, fletschte wütend seine Zähne, versuchte ihm zu drohen. Aber Giacomo Fumo lachte ihn nur aus. Macho knurrte – immer wilder, aber auch immer verzweifelter. Da er den Wind nicht beeindrucken konnte, hörte Macho bald auf zu knurren, ließ sich auf den Boden sinken, legte seinen Kopf auf die Pfoten und starrte einfach nur noch ins Leere. Aber wenn er ganz genau aufpasste, merkte er, wie sich irgendwo in ihm so ein Gefühl meldete. Das war seine innere Stimme, die ihm sagte, dass Lilli wirklich nicht weit sein konnte.

Und Macho hatte Recht mit seinem Gespür. Lilli und Zitterwurzel waren inzwischen beim Palast des Windes angekommen. Das Eingangszelt stand offen, sodass sie hineinhuschen konnten. Zitterwurzel blieb ängstlich am Eingang stehen, jederzeit bereit, wieder zu fliehen. Lilli dagegen schaute sich neugierig um. In der Zelthalle hingen bunte Klangwindspiele aus Holz, Metall und Glas, die bis in die letzten Ecken des Palastes tönten. Von der Mitte der Halle gingen mehrere Gänge ab. Es gab einen roten Gang, einen blauen, einen grünen und einen gelben. Ratlos blickten Lilli und Zitterwurzel auf die verschiedenfarbigen Gänge und konnten sich nicht entscheiden, welchen sie entlanglaufen sollten.

«Ich bin für den roten», schlug Lilli vor.

Zitterwurzel zuckte mit den Schultern. «Oooooder grün!»

«Oder doch der blaue?» Lilli war unsicher.

«Oooooder doch rot? Oje, oje, oje, oje!» Zitterwurzel schüttelte hilflos den Kopf.

«Also ich nehm jetzt den roten ...», erklärte Lilli entschlossen. Und schon lief sie den roten Gang entlang.

«Oje, oje, oje, oje! Ob das stimmt?»

Vorsichtig trottete der Erdkobold hinter Lilli her.

Plötzlich hörten sie Giacomo Fumo teuflisch lachen. Aber bellte da nicht auch Macho? Klar! Das war sein Bellen. Unverkennbar! Es kam aus der Richtung, in die der rote Gang führte.

Zitterwurzel erstarrte vor Schreck. «O nee, o nee, o nee, o nee! Ich trau mich nicht, weiterzugehen!»

«Zitterwurzel, jetzt komm schon!», ermunterte ihn Lilli. «Hier sind wir richtig! Wir schaffen das!» Sie versuchte Zitterwurzel Mut zu machen, aber eigentlich redete sie sich auch selber gut zu, denn ihr Herz pochte vor Angst. Doch beim Gedanken an Macho lief Lilli schneller und schneller ...

Zitterwurzel war klar, dass er Lilli nicht im Stich lassen durfte. Also wackelte er unsicher hinter ihr her, den Gang entlang, der immer dunkelroter wurde.

Macho fühlte inzwischen ganz deutlich, dass Lilli in seiner Nähe war. Gespannt stand er in seinem Käfig, legte den Kopf schief und beobachtete den Eingang seines Zeltes.

Und wirklich, da kam Lilli hereingestürzt! Hinter

ihr Zitterwurzel. Der Erdkobold versteckte sich gleich in der nächstbesten Zeltfalte.

Lilli dagegen stürmte direkt auf den Käfig zu. Freudig sprang Macho hoch und bellte ausgelassen – er war so glücklich, sie endlich wiederzusehen.

Lilli schossen die Tränen in die Augen, als sie Macho im Käfig sah. Sie tastete mit ihrer Hand an den Stäben vorbei und streichelte ihren Freund. «Macho! Mein Macho! Ja, ich bin ja da!», beruhigte sie ihn sanft.

Macho war so begeistert, dass er Lillis Hand ableckte.

«Ich hab dich so vermisst!», gestand Lilli. «Ich dachte schon, wir sehen uns nie wieder!»

Da spürte Lilli einen kalten Windhauch in ihrem Genick. Sie wagte nicht, hinter sich zu sehen, denn sie ahnte, dass das nur einer sein konnte: Giacomo Fumo!

Mit gespielter Freundlichkeit sprach der Wind Lilli von hinten an: «Hallo, Lilli …»

Langsam drehte sie sich jetzt um und überlegte dabei fieberhaft, was sie sagen sollte. Irgendetwas musste ihr einfallen, ganz schnell, irgendetwas. Sie musste Zeit gewinnen. Zeit für eine Erklärung, warum sie das Herz noch nicht dabeihatte. Zeit, damit sie einen Plan aushecken konnte, um Macho zu befreien. Das waren so viele Gedanken auf einmal. Lilli hatte immer noch keine Idee, was sie sagen konnte. Also lächelte sie Giacomo Fumo erst einmal an.

Er lächelte zurück. Aber Lilli spürte die Gefährlichkeit hinter seinem Lächeln.

«Hallo, Giacomo Fumo», sagte sie unsicher. «Sie warten bestimmt schon ungeduldig auf Ihr Herz.»

«Schlaues Mädchen.»

«Herr Fumo, das mit Ihrem Herzen tut mir leid. Aber Macho kann doch nichts dafür. Bitte, geben Sie ihn mir zurück.»

Giacomo Fumo lachte Lilli höhnisch aus. «Bitte! Sie sagt ‹bitte›! Was für ein wohlerzogenes Kind. Aber natürlich gebe ich dir Macho gerne zurück …»

Erleichtert atmete Lilli auf. «Ich hab's doch gewusst. Sie sind gar nicht so herzlos.»

«Leider doch», antwortete Giacomo Fumo jetzt streng. «Und zwar ganz und gar herzlos, wie du weißt. Deswegen will ich mein Herz ja auch unbedingt von dir zurückhaben.»

«Das versteh ich ja auch. Aber Macho …»

«Macho bekommst du wieder. Aber erst will ich mein Herz haben. Also, ich warte!» Fordernd streckte Giacomo Fumo Lilli seine Hand entgegen.

Zitterwurzel beobachtete das alles aus seinem Versteck heraus. Er musste sich zusammenreißen, damit er nicht so sehr zitterte, dass alle Zeltstangen wackelten. In diesem Augenblick wünschte er sich, eine Elfe zu sein. Dann hätte er sich einfach in viele kleine Glitzerpunkte auflösen können. Aber so fühlte er, wie der Kloß in seinem Hals immer dicker wurde …

Auch Lilli spürte so einen riesigen Kloß. Sie versuchte ihn hinunterzuschlucken. Aber er saß fest. Lilli räusperte sich.

«Ich warte immer noch!», ermahnte sie Giacomo Fumo. «Wo ist mein Herz?»

«Ihr Herz, ja also Ihr Herz … Das ist, das ist, das ist …» Lilli konnte nur noch stottern und wusste nicht, was sie sagen sollte.

«Jetzt stotter hier nicht rum!», herrschte Fumo sie ungeduldig an. «Hast du es dabei oder nicht?»

Lilli wusste, wenn sie dem Wind jetzt die Wahrheit sagte, war sie verloren. «Ich habe es … nicht direkt dabei», stammelte sie.

«Schade, ich dachte, du würdest mit mir zusammenarbeiten!»

«Das will ich ja auch. Aber wie kann ich sicher sein, dass Sie mir Macho wirklich wiedergeben, wenn Sie Ihr Herz bekommen. Also geben Sie mir Macho, dann bekommen Sie Ihr Herz.»

Fumos Augen wurden eisig und schmal wie die

Schlitze im Visier einer Ritterrüstung. «Du vertraust mir also nicht. Kleines Fräulein, damit das klar ist, ich mache mein Angebot nur einmal. Und mein Angebot lautet: Erst mein Herz, dann Macho! Und noch eins: Ich kann es nicht ausstehen, wenn jemand mit mir handeln will. Deswegen würde ich dich und deinen Macho am liebsten sofort in meinem schwarzen Windloch versenken.»

«Die Sache mit Ihrem Herzen ist eben doch nicht ganz so einfach», entschuldigte sich Lilli schnell. «Es gibt da noch ein kleines Problem …»

Aber Giacomo Fumo ließ jetzt nicht mehr mit sich reden. Unerbittlich drohte er: «Dann hoffe ich für dich, dass du dieses Problem löst, und zwar bevor dieser Tag zu Ende geht. Ich fürchte, sonst muss ich mir einfach dein Herz nehmen.»

Lilli erstarrte vor Schreck. Für einen Moment war sie sprachlos.

Wütend bellte Macho Giacomo Fumo an.

Der blaffte zurück: «Halt die Schnauze, du Kläffsack, oder ich puste dich samt deiner Lilli ins nächste schwarze Loch.»

Macho hörte auf zu bellen. Er knurrte nur noch leise und verzog sich in die hinterste Ecke des Käfigs.

Giacomo Fumo schob einen Riegel im oberen Teil des Käfigs zur Seite und öffnete Machos Gefängnis.

Lilli dachte schon, jetzt würde der Wind ihren Freund freilassen. Aber da täuschte sie sich. Im Gegenteil, Giacomo Fumo hob Lilli blitzschnell hoch und setzte sie zu Macho in den Käfig.

«So, rein mit dir! Jetzt kannst du in aller Ruhe überlegen, wie du mir erklären kannst, welches Problem es noch gibt mit meinem Herzen.»

«Sie bestehen doch nur aus heißer und kalter Luft!», rief Lilli dem Wind trotzig aus dem Käfig zu.

Giacomo Fumo lachte böse. «Guter Spruch. Muss ich mir merken!»

Der Wind schloss den Käfig und schob den Riegel wieder vor.

Dann drückte er auf den roten Knopf, der an der Seite an einer Zeltstange angebracht war.

Der Boden unter dem Käfig teilte sich. Ein riesiges Loch tat sich auf, in dem der Windstrudel toste.

Und über das Wirbelgeräusch des Strudels hinweg rief Giacomo Fumo Lilli zu: «Das pustet dir den Kopf frei! Damit du auf die richtigen Gedanken kommst! Ich gebe dir sieben Minuten!»

Mit diesen Worten verschwand Giacomo Fumo.

Ratlos und verzweifelt blieb Lilli mit Macho im Käfig zurück. Ganz eng kuschelten sich die beiden aneinander. Auch wenn die Lage für sie gar nicht gut aussah: Hauptsache, Lilli hatte Macho wieder. Das war alles, was für sie in diesem Augenblick zählte.

Da tastete sich Zitterwurzel zaghaft hinter der Zeltfalte hervor. Der Wind aus dem Spalt blies ihm ins Gesicht. «Oje, oje, oje, oje! Lilli! Wenn Fumo zurückkommt, pustet er uns bestimmt in tausend Fetzen!»

Genau das befürchtete Lilli auch. Aber sie wollte sich ihre Angst nicht anmerken lassen. Sie streichelte Macho, der sich furchtsam an sie schmiegte.

Unter ihnen klaffte der Spalt, in dem der Windstrudel tobte ...

Und mit dem Mut der Verzweiflung erklärte Lilli: «Das nächste Mal zeig ich dem Windbeutel, dass ich Taekwondo kann. Das hab ich vor Schreck ganz vergessen.»

Sie stand auf und stieß mit ihrer Ferse hoch in die Luft. Dadurch kam der Kafig ins Trudeln.

«Achtung, Lilli! Pass auf!», warnte Zitterwurzel. «Da geht's tief runter.» Er traute sich gar nicht, in den Spalt hinunterzuschauen, in dem der Windstrudel tobte.

Der Käfig schwankte bedenklich hin und her.

Erschreckt stemmte Macho sich auf seine vier Pfoten, fiepte und versuchte ängstlich die Balance zu halten. Vorsichtig setzte Lilli sich wieder hin. Macho kauerte sich neben sie und legte seinen Kopf in Lillis Schoß. Liebevoll streichelte Lilli ihren Freund. Und auch um sich selbst Mut zu machen, dachte sie sich für Macho einen Spruch aus:

«Herzlos ist dieser Pustekloß!

Wie werden wir ihn nur los?»

Macho bellte skeptisch.

«Tja, wahrscheinlich gar nicht ...», fuhr Lilli fort. «Windsack, zack, zack

Wir hauen ab! Aber wie?

Das klappt doch nie!»

Mutlos vergrub Lilli das Gesicht in ihren Händen.

Macho winselte. Da sah er Clothilde, die alte Kröte, die in einer Ecke hockte und ihm zunickte, als wollte sie ihm Kraft geben. Und in dem Moment hatte Macho eine Idee. Aufgeregt sprang er auf und bellte.

Mit seiner Schnauze deutete er nach oben in Richtung Türriegel.

Irritiert schaute Lilli ebenfalls zum Türriegel. «Der ist zu weit oben. Da komme ich nicht dran.»

Macho sprang an seiner Freundin hoch.

«Er könnte den Riegel öffnen!», rief Zitterwurzel Lilli zu.

«Macho, meinst du, du schaffst das?»

Ihr zotteliger Freund bellte. Lilli ging in die Hocke, damit Macho auf ihre Schultern klettern konnte. Und dann kam sie in dem schwankenden Käfig langsam hoch. Lilli war hochkonzentriert. Sie balancierte – und stand endlich!

Auf ihren Schultern richtete sich Macho nun auf und schob mit der Pfote den Riegel zur Seite. Die Tür ging auf. Dadurch kam der Käfig schon wieder ins Trudeln.

Schnell sprang Macho heraus, schaffte es gerade so, die Spaltenkante zu erreichen, und – rutschte ab!

«Macho!», schrie Lilli entsetzt. Sie hatte Angst, dass ihr Freund jeden Augenblick in den Tiefen des Spalts verschwinden würde.

Aber zum Glück konnte Zitterwurzel ihn im letzten Moment packen und hochziehen. Macho krabbelte auf den festen Boden, drehte sich zu Lilli um und legte treuherzig den Kopf schief.

Im Käfig klammerte Lilli sich an den Eisenstangen fest. Zitternd schaute sie zu Macho und Zitterwurzel hinüber und rief ihnen zu: «So weit kann ich nicht springen! Ich hab Angst, dass ich in das Windloch falle!»

Schnell flitzte Macho zu dem roten Knopf an der Seite. Er sprang hoch und versuchte den Knopf mit der Schnauze zu drücken. Beim ersten Mal verfehlte er ihn knapp. Beim zweiten Mal kam er nur halb hoch. Beim dritten Mal hob Zitterwurzel den Hund

auf seinen Kopf. Macho stellte sich auf die Hinterbeine. Der Kobold hielt ihn fest, und Macho streckte sich, bis er mit seiner Schnauze den roten Knopf berühren konnte. Er drückte fest zu.

Es klappte: Der Boden schloss sich wieder über dem Windstrudel.

Ruhe kehrte ein.

Erleichtert atmete Lilli auf und kletterte aus dem Käfig. Macho kam freudig wuselnd auf sie zu. Lilli knuddelte ihren Freund ganz fest. «Machopacho! Du bist der Größte!»

«Na ja, ein bisschen habe ich ja auch geholfen ...», mischte Zitterwurzel sich zaghaft ein.

«Na, klar! Du bist auch der Größte!», lobte ihn Lilli und knuffte ihn anerkennend in die Seite.

Zitterwurzel lächelte zufrieden.

«Aber jetzt nichts wie weg hier! Bevor Fumo wieder auftaucht!»

Macho schnüffelte mit seiner Schnauze aufgeregt die Zeltwand entlang. Und genau dort, wo die Kröte gehockt hatte, entdeckte er den Eingang zu einem geheimen Gang.

So schnell sie konnten, liefen Lilli, Macho und Zitterwurzel in den Gang hinein. Nur weg von hier!

11. Kapitel

Sieben Minuten waren vergangen. Giacomo Fumo eilte in das Zelt. Er war sich absolut sicher, dass Lilli nun reden würde. Aber je näher er dem Zelt kam, desto unruhiger wurde er. Es war so merkwürdig still.

Von dem Windstrudel war nichts mehr zu hören, rein gar nichts.

Giacomo Fumo betrat das Zelt. Er konnte nicht fassen, was er da sehen musste: Der Spalt zum Windstrudel war geschlossen. Und der Käfig war leer. Die Tür stand sperrangelweit auf.

Völlig fassungslos umkreiste Giacomo Fumo den Käfig. «Wie bei allen Orkanwinden haben die das geschafft? Das ist unmöglich!», schnaufte er so wütend, dass alle Zeltstangen zitterten.

Und vor Zorn tobend, ließ er einen Brüller los, der sich anhörte, als würde ein Meteorit auf der Erde einschlagen. «Ich habe sie einmal gekriegt», drohte er böse. «Ich kriege sie auch ein zweites Mal, und ich weiß auch schon, wer mir dabei helfen kann!»

Dann löste Giacomo Fumo sich in einem Windstrudel auf und verschwand.

Der windigste aller Winde nahm Kurs auf eine alte Weide. Es war eine sehr alte Weide. Ihre Äste wuchsen schief und krumm dem Himmel entgegen. Durch ihren dicken, knorrigen Stamm zog sich ein breiter Riss wie ein natürlicher Eingang.

Der Wind wehte heftig durch die Äste. Sie schwankten bedrohlich und knarzten, als würden sie jeden Moment zerbrechen.

Da öffnete sich der Spalt im Baum. Und Olf, ein verknörzelter, kauziger Gnom, streckte seinen Kopf aus der Weide heraus. Olf war ein Meister der Tarnung. Sein Gnomengesicht hatte genauso tiefe Furchen wie der alte Weidenstamm. Und wenn Olf sich nicht bewegte, konnte man ihn fast selbst für eine alte Weide halten.

Aufmerksam beäugte der Gnom die Äste seines Weidenbaums.

Dabei blinzelte er listig mit seinen beiden Äuglein, die wie zwei kleine Astlöcher in seinen Gesichtsfurchen saßen.

Olf spürte: Da lag etwas in der Luft! Das war kein normaler Wind, der seine Äste durchschaukelte. Es gab nur einen, der solchen Wind machte: Giacomo Fumo. Der Gnom kannte ihn gut – den windigsten aller Winde. Und er hatte mächtigen Respekt vor ihm. Denn Olf wusste genau, ein falsches Wort reichte aus, und er würde samt seiner Weide durch die Luft gepustet wie ein explodierendes Feuerwerk. Deswegen wagte sich der Gnom nicht aus seinem Weidenstamm heraus.

Vorsichtshalber machte er aber schon einmal mehrere Diener und rief in die Gegend: «Großer Fumissimo! Was verschafft mir die Ehre?»

Die Äste der Weide knarzten, und in einem Windstrudel erschien Giacomo Fumo. Kumpelhaft haute er gegen den Weidenstamm. «Olf, du alter Weidengnom, was ist? Traust du dich nicht raus aus deinem morschen Gehölz?»

Der Weidenbaum zitterte immer noch unter Giacomo Fumos wuchtiger Begrüßung.

Und auch Olf zitterte. Unterwürfig schälte er sich aus seiner Weide heraus. «Bitte, großer Fumissimo, bitte lasst meinen Baum stehen. Ihr wisst, wie sehr ich an meiner Weide hänge ...»

«Ich weiß, Olf. Ich weiß.» Giacomo Fumo grinste scheinheilig. «Deswegen habe ich deine Weide bisher ja auch immer verschont. Obwohl es mich zugegebenermaßen so manches Mal juckte, sie umzupusten wie Mikadostäbchen.»

«Aber Meister, wir haben doch eine Abmachung!»

«Richtig. Tust du mir einen Gefallen, tue ich dir einen Gefallen.»

«Fumissimo, Ihr könnt Euch auf mich verlassen. Eine Hand wäscht die andere!» Erleichtert reichte der Gnom Giacomo Fumo seine verknörzelte Hand und lachte hölzern.

Giacomo Fumo schlug ein. Blitzschnell zog er Olf zu sich heran und hypnotisierte ihn mit einem gnadenlos drohenden Blick. «Dann sperr jetzt deine moosverstopften Ohren gut auf!»

Olf nickte ängstlich.

«Ich will, dass du mir hilfst, eine gewisse Lilli zu fangen. Sie ist mit ihrem bissigen Köter aus meinem Palast geflüchtet.»

Der Gnom stutzte und begann zu grübeln. «Lilli, Lilli ...? Eine Windelfe mit diesem Namen kenn ich gar nicht ...»

«Lilli ist keine Windelfe!»

«Verstehe», erwiderte Olf schnell. Obwohl er gar nichts verstand. Aber das sollte Giacomo Fumo nicht merken. Doch da hatte Olf den Wind unterschätzt.

Der machte sich über den Gnomen lustig. «Du hast wirklich nur Sägespäne im Kopf! Du kannst das gar nicht verstehen.»

«Jetzt, wo Ihr es so überdeutlich sagt. Äh … stimmt. Ich verstehe eigentlich gar nichts …»

«Deswegen werde ich dir jetzt alles ganz genau erklären, Kumpel!» Giacomo Fumo klopfte Olf gönnerhaft auf die Schulter.

Olf zuckte erschrocken zusammen und stammelte: «Gugut …»

«Und wenn du bei der Erledigung dieses Auftrages auch nur einen Fehler machst …», Giacomo Fumo blickte drohend zur Weide, «… ich sage nur ‹Mikado›!»

«Mimimikado? Ich dachte, sie heißt Lilli?» Olf brachte in seiner Angst jetzt alles durcheinander.

Giacomo Fumo verzog mitleidig das Gesicht. So viel Dummheit tat ihm weh. Er legte den Arm um Olf. «Lilli, genau. Also die Sache mit Lilli, die ist nämlich die …»

Dann verschwand Giacomo Fumo mit dem Gnomen hinter der Weide. Hier erklärte er Olf ausführlich, warum er ein so besonderes Interesse an Lilli hatte. Der Gnom hörte sich die ganze Geschichte an und versprach, dem Wind zu helfen.

Lilli, Macho und Zitterwurzel hatten es unterdessen geschafft, den Palast der Winde unbemerkt zu verlassen. Der geheime Gang, durch den sie entkommen waren, führte unter der Wiese vor dem Palast entlang und mündete zwischen Gestrüpp am Waldrand. Von hier aus konnten die drei im Wald verschwinden.

Die Sonne schien und schickte ihre leuchtenden Strahlen durch die Äste der Bäume. Wie eine schützende Glocke aus Licht hüllten die Strahlen Lilli, Macho und Zitterwurzel ein. Es war warm. Der Waldboden dampfte und roch nach Moos und Pilzen.

Lilli und Macho hüpften vor Freude um die Wette. Und auch Zitterwurzel trippelte übermütig tänzelnd zwischen den Baumwurzeln umher.

Ausgelassen sprang Macho an Lilli hoch. Lilli suchte sich ein Stöckchen und warf es weg. Macho sprintete hinterher, schnappte sich das Stöckchen und brachte es mit hoch erhobener Schnauze stolz zu Lilli zurück. Er trippelte rückwärts vor ihr her, fixierte das Stöckchen und bellte, als wollte er sagen: «Na, komm, mach schon, Lilli! Wirf's nochmal weg!»

Lilli verstand die Macho-Hundesprache. Sie lachte, warf das Stöckchen erneut in einem hohen Bogen von sich – und Macho fegte hinterher.

Plötzlich fiel ihr ein, dass sie ja noch Machos Halstuch trug, das rote Glücks-Halstuch mit den weißen

Punkten. Lilli nahm es ab. «Macho, schau mal, was ich hier habe!»

Macho legte den Kopf schräg, setzte sich hin und hielt ganz still. Lilli beugte sich zu ihrem Freund hinunter und band ihm sein Halstuch wieder um.

Doch auf einmal wurde Macho unruhig, starrte den Waldweg entlang und begann zu knurren.

«Jetzt halt doch still! Was ist denn?» Lilli versuchte gerade einen Knoten in das Halstuch zu machen.

Kaum war sie damit fertig, riss Macho sich los und fing an zu bellen.

Zitterwurzel ging hinter einem Baum in Deckung.

Lilli kniff die Augen zusammen, um besser sehen zu können. Aber sie konnte nichts auf dem Weg entdecken. Da raschelte es im Unterholz.

«Oje, oje, oje, oje! Hohohohohoffentlich ist das kein Wildschwein!», sorgte sich Zitterwurzel und duckte sich ganz eng hinter seinen Baum.

Macho pirschte sich bellend an den raschelnden Busch heran. Lilli folgte ihm vorsichtig Schritt für Schritt. Unter den niedrigsten Zweigen entdeckte sie ein Paar verknörzelte Gnomenfüße. Wie elektrisiert sprang Lilli ein Stück zurück. Und auch Macho zog es vor, hinter Lilli in Deckung zu gehen.

Da teilten sich die Äste, und eine knorrige Gestalt erschien: Olf, der Weidengnom.

Lilli erschrak und wollte weglaufen.

«Halt! Warte! Ich will euch doch helfen, Lilli!», rief der Gnom überaus freundlich. Und scheinheilig lächelte er Lilli und Macho an.

Als Lilli ihren Namen hörte, blieb sie stehen und drehte sich langsam um. «Du willst uns helfen?», erkundigte sie sich skeptisch. «Wer bist du überhaupt?»

«Olf. Ich bin Olf, ein Weidengnom.»

«Und woher weißt du meinen Namen?»

«Nun ja, wowoher.» Olf kam ins Stottern. «Es hat sich eben rumgesprochen, dass du diejenige bist, die dem Wind sein Herz zurückbringen kann», flötete er nun honigsüß. «Respekt! Für den Wind zu arbeiten ist nicht einfach. Da dachte ich mir, du kannst bestimmt Hilfe gebrauchen, du Liebe, du Gute, du Tapfere!»

Lilli nickte und atmete auf. Sie war froh, noch jemanden getroffen zu haben, der ihr beistehen wollte.

Aber Macho spürte irgendwie, dass er diesem Wesen mit den tiefen Furchen im Gesicht besser nicht trauen sollte. Er knurrte drohend und bellte den Gnomen böse an.

Olf streckte seine Hände aus und tat so unschuldig, wie er eben konnte.

«Schon gut, Macho, Olf ist ein Freund», erklärte Lilli. Besänftigend kraulte sie Macho hinter den Ohren, damit er sich wieder beruhigte.

Nur unwillig hörte Macho auf zu bellen. Aber er knurrte Olf immer noch so bedrohlich an, dass der sich nicht traute, sich zu bewegen. Olf starrte in einem fort ängstlich auf Macho und kniff seine Augen dabei zu zwei Schlitzen zusammen. «Ich hohohoffe, er glaubt dir», stammelte er unsicher.

«Er ist misstrauisch», erklärte Lilli. «Ist wahrscheinlich auch besser so. Wer weiß, wen Giacomo Fumo uns hinterherhetzt.» Und freimütig plapperte sie weiter: «Wir sind nämlich aus seinem Palast abgehauen. Giacomo Fumo wird ganz schön blöd gucken, wenn er merkt, dass wir weg sind. Stell dir vor, Olf! Wir haben es wirklich geschafft zu fliehen! Puh, aber das war ganz schön knapp! Wenn Macho nicht gewesen wäre! Der war sooo mutig!!!» Stolz streichelte Lilli ihren zotteligen Freund. «Und Zitterwurzel, ohne den wär ich auch aufgeschmissen gewesen. Warte, ich stell ihn dir vor. Zitterwurzel?!» Lilli schaute sich um, wo der Kobold steckte.

«Lass man gut sein», wiegelte der Gnom ab. «An diesem Zitterwurzel liegt mir nichts. Ich will nur dich!»

Und plötzlich packte der Gnom Lilli. Jetzt zeigte er sein wahres Gesicht. Drohend fauchte er Lilli an: «So, ihr seid ausgebüxt, was?! Dann freut sich Fumissimo bestimmt, wenn ich dich zurückbringe.»

«Nein! Lass mich los, du Mistkäfer!», schrie Lilli verzweifelt. Sie strampelte wild mit den Füßen, versuchte ihre Arme freizubekommen. Aber sie hatte keine Chance. Olf hielt sie mit einem eisenharten Klammergriff fest.

Da sprang Zitterwurzel hinter dem Baum hervor, fuchtelte wild mit einem Stock und schrie: «Lass sie los! Lass sofort Lilli los!»

Macho bellte, so laut er konnte, fletschte seine Zähne und knurrte wie ein wilder Wolf.

Zitterwurzel feuerte ihn an: «Ja, pack ihn!!»

Macho bellte sich immer mehr in Rage, sprang den Gnomen von hinten an und biss ihn in den Po.

Olf schrie auf. Erschreckt ließ er Lilli los und drehte sich zu Macho um. «Na warte, du feiger Beißer!», rief er und ging auf ihn los.

Aber als der Gnom sich bückte und sich auf Macho stürzen wollte, haute Zitterwurzel von oben mit dem Stock zu. Der brach durch die Wucht des Schlages genau in der Mitte entzwei.

Unten biss Macho den Angreifer schon wieder ins Bein.

«Au! Das tut weh!», schrie Olf. «Nein, nicht! Halt! Hör auf, du blöder Köter!»

Doch Macho gab alles.

Und Zitterwurzel spornte ihn an: «Ja, ja, ja, ja, ja!

Rache für Lilli! Beiß ihn! Zeig's ihm! Lass ihn winseln!»

Unermüdlich griff Macho den Gnomen an: von hinten, von vorne, von der Seite, von unten – ja, er sprang sogar auf ihn drauf!

Bis Olf am Ende nur eines dachte: «Weg hier! Bloß weg von hier!»

Er rannte in den Wald, als sei nicht nur ein Hund hinter ihm her, sondern eine ganze Horde. Olf rannte und rannte und rannte ... Er rannte so schnell, dass es fast aussah, als würde er fliegen.

Und Macho jagte bellend hinter ihm her. Wie ein weißer Zottelblitz fegte er durch den Wald.

Begeistert feuerten Lilli und Zitterwurzel ihn aus der Ferne an: «Ja! Zeig's ihm! Bravo, Macho!»

Doch als ihr Freund in der Ferne verschwand, da wurde Lilli mit einem Mal unsicher.

«Macho, es reicht! Komm zurück! Macho!», rief sie in den Wald. Doch sie bekam keine Antwort. Sie rief noch einmal, diesmal so laut sie nur konnte: «Machoooo!!!!»

«Mamamamamachoooo!!!!», rief auch Zitterwurzel.

Wieder keine Antwort.

Dafür wurde es auf einen Schlag dunkel. Bedrohliche Gewitterwolken zogen auf. Es donnerte, es blitzte, es begann zu regnen, ja es schüttete geradezu.

Lilli war verzweifelt. Von Macho keine Spur. Angestrengt lauschte sie in den Wald hinein. Aber weit und breit war kein Macho zu hören. Lilli spürte, wie ihr die Tränen in die Augen schossen. Sie wollte nicht weinen. Sie wollte doch mutig sein. Aber wie sollte sie das ohne ihren Macho schaffen?

«Macho … Machopacho … ich brauch dich doch! Lass mich nicht allein!», rief Lilli flehend in den dunklen Wald hinein.

Und sie hoffte so sehr, dass Macho sie irgendwo hören konnte.

12. Kapitel

Doch Macho hörte Lilli nicht. Er hörte und sah gar nichts mehr – außer dem flüchtenden Gnomen. Es war, als ob Lillis Freund nur noch eines denken konnte: «Hinterherjagen! Hinterherjagen! Hinterherjagen!»

Macho war dem Gnomen jetzt dicht auf den Fersen. Von panischer Angst getrieben, lief Olf auf seine Weide zu. Hinter sich hörte er Macho gefährlich nah bellen.

Der Spalt in Olfs verknörzelter Weide stand weit offen. In letzter Sekunde hatte Olf eine teuflische Idee. Da! Kurz vor der Weide sprang der Gnom zur Seite. Macho merkte es zu spät und rannte schnurstracks in den Spalt hinein …

Blitzschnell verschloss Olf den Eingang des Baumes und sicherte ihn fest mit einem dicken Wurzelriegel.

Schnaufend lehnte sich der Gnom an den dicken Stamm. «Geschafft!», keuchte er zufrieden und klopfte gegen den Baum.

Im Innern der Weide bellte Macho verzweifelt. Doch außer dem Gnomen konnte ihn keiner hören. Als Macho sich heiser gebellt hatte, gab er auf und wimmerte nur noch leise vor sich hin.

Olf verzog sein furchiges Gnomengesicht zu einer böse grinsenden Fratze. Er war sehr stolz auf sich und konnte es gar nicht erwarten, Giacomo Fumo von seinem Erfolg zu berichten.

Der Wind landete gerade mit einem doppelt verdrehten Wirbel in der Nähe der verknörzelten Weide.

Olf bemerkte nur, wie sich die Äste seines knorrigen Baumes bewegten. Plötzlich stand Giacomo Fumo vor ihm.

Freudig lachend begrüßte ihn der Gnom: «Fumissimo, Ihr kommt wie gerufen!»

«Hör auf mit der Grinserei!», schnauzte Giacomo Fumo ihn grimmig an. «Es gibt nichts zu lachen. Von Lilli und ihrem Köter fehlt nach wie vor jede Spur!»

Auf einmal hörte er ein Hundebellen aus der Weide.

Giacomo Fumo stutzte. Er kannte dieses Bellen. Er hatte es erst vor kurzem noch gehört. Dieser Hund, der bellte ... der bellte genau so wie ... dieser Macho, der Köter von Lilli. Waren sie etwa hier?

Ein Ruck ging durch den Wind. Er schaute Olf fragend an.

Olf nickte triumphierend.

«Du hast sie schon gefangen?», erkundigte sich Giacomo Fumo verblüfft.

«O ja! Todesmutig habe ich die Bestie gejagt!», erklärte Olf stolz. Er tat, als habe er mit einem wahren Monster gekämpft. «Ihre fletschenden Zähne bohrten sich schon in mein Fleisch! Aber dann habe ich ...»

«... sie im Baum eingesperrt?», erkundigte Giacomo Fumo sich ungeduldig.

«Genau!»

«Bravo! Und ich dachte, ihr Weidengnome habt nur Moos im Kopf.»

Olf lächelte hilflos. Er wusste nicht, wie er auf dieses merkwürdige Lob von Giacomo Fumo reagieren sollte.

Da war aus dem Inneren der Weide wieder Machos Bellen zu hören.

Erwartungsfroh näherte sich Giacomo Fumo dem knorrigen Stamm. Er glaubte, dass Olf nicht nur Macho, sondern auch Lilli in das Baumgefängnis gesteckt hatte. Und böse freute er sich: «Na, dann wollen wir mal sehen, ob Lilli mir mein Herz jetzt nicht doch beschafft!»

«Ja, aber Lilli, Lilli also die … äh, die, die, die …» Olf traute sich nicht, Giacomo Fumo zu gestehen, dass Lilli gar nicht da war.

Giacomo schob den Wurzelriegel zurück und verschwand in der Weide.

Drinnen bellte Macho so laut, dass alle Weidenäste zitterten.

Olf zitterte auch, aber vor Angst. Er mochte sich gar nicht vorstellen, was gleich passieren würde – was würde der Wind tun, wenn er im Baum nur Macho entdeckte?

Da stürmte Giacomo Fumo auch schon wieder aus der Weide heraus. Er tobte vor Wut und ging sofort auf den Gnomen los. «Da ist ja nur dieser Köter!», brüllte der Wind.

«Die Bestie. Genau», erwiderte Olf zaghaft.

«Und wo ist Lilli?»

Der Gnom zuckte ratlos mit den Schultern. Fumo kam gefährlich nahe auf Olf zu. Die Augen des Windes funkelten böse. Und mit einer Stimme, die den Gnomen bis in die Spitzen seiner Fußkrallen erschaudern ließ, drohte Giacomo Fumo: «Olf, du vertrocknete Weidenlaus, hör gut zu! Was ich jetzt sage, sage ich nur einmal! Wenn du Lilli triffst, dann richte ihr aus, dass sie mir verdammt nochmal mein Herz wiederbeschaffen soll. Oder ich verwandele die ganze Welt am Ende dieses Tages in winzig kleine Staubkörnchen – mit einem Knall, gegen den der Urknall nur ein windiger Furz war!»

Olf verstand noch nicht ganz. «Aber Fumissimo, heißt das … dass Ihr meine Weide auch wegpustet?», erkundigte sich der Gnom besorgt.

«Ich puste alles weg!»

«Mich auch?»

«Wenn ich sage ‹alles›, meine ich alles.»

Verzweifelt fiel der Gnom vor Giacomo Fumo auf die Knie. «Aber ich habe doch immer getan, was Ihr von mir verlangt habt.»

«Bedank dich bei Lilli! Wenn sie mir mein Herz

nicht bringt, dann zeige ich der Welt, was wirkliche Herzlosigkeit ist!»

Macho fing wieder laut an zu bellen.

«Mit diesem Köter fange ich an!», brüllte der Wind. Und wütend verschwand er in der Weide.

Olf wusste nicht mehr ein noch aus. Er konnte nur noch hilflos mit den Ohren wackeln.

Da kam Giacomo Fumo auch schon wieder aus der Weide heraus – mit dem winselnden Macho. Er hatte Lillis Freund am Genick gepackt und schüttelte ihn kräftig durch. «Ja, winsele nur, du Kläffsack! Das ist gar nichts gegen das Grauen, das dich jetzt erwartet. Dort, wo ich dich

hinbringen werde, hast du nichts mehr zu lachen. Dort kannst du bellen, soviel du willst. Keiner wird dich finden. Und noch ehe der Mond wieder aufgeht, wirst du nur noch ein Schatten deiner selbst sein!»

Damit löste Giacomo Fumo sich mit Macho zusammen in einem Windstrudel auf und verschwand.

Olf glaubte zu träumen. Die Einzige, die ihn und seine Weide jetzt noch retten konnte, war Lilli. Und mit der hatte er es sich ja gründlich verscherzt. Geknickt und ratlos verkroch er sich ins Innere seiner Weide, um auf das nahende Ende zu warten.

Macho glaubte unterdessen, sein Ende sei gekommen. Denn der Ort, an dem er sich befand, als er wieder zu sich kam, sah Furcht erregend aus.

Es war ein düsterer Ort. Hier zwitscherte kein Vogel, keine einzige Blume blühte. Selbst die vereinzelten Büsche, die in der Gegend herumstanden, schienen sich nicht wohl zu fühlen. Ihre Äste waren dünn, hatten kaum Blätter und sahen aus wie abgestorben. Das Einzige, was es in Massen gab, waren Steine. Nur Steine und jede Menge Staub.

Mit einem Windstrudel wirbelte Giacomo Fumo den Staub auf und hüllte alles in grauen Dunst. In diesem tristen Grau leuchtete Machos Glücks-Halstuch wie ein roter Farbklecks.

Macho seufzte, denn ihm wurde schnell klar, dass er sehr viel Glück brauchen würde, um hier wieder herauszukommen. Mit eingekniffenem Schwanz betrachtete Lillis zotteliger Freund seine Umgebung.

Giacomo Fumo stand neben ihm und schaute belustigt auf ihn hinunter. Und je mehr Angst Macho bekam, desto größer wurde Fumos Spaß an der Sache. «Ja, Macho, schau dich gut um. Das ist das Letzte, was du auf dieser Welt siehst!», drohte er. Und dabei lachte der Wind gefährlich böse. Macho nahm seinen ganzen Mut zusammen, bellte Giacomo Fumo wütend an, lief dicht zu ihm hin – und pinkelte ihm ans Bein.

«Na, warte!», tobte Fumo außer sich. Er packte Macho im Nacken und ließ ihn in eine Mulde fallen.

In panischer Angst duckte Macho sich auf den Boden. Winselnd schaute er zu Giacomo Fumo hoch.

Aber der lachte wieder nur hämisch.

Und plötzlich meinte Macho zu sehen, wie sich Giacomo Fumos Gesicht in die Fratze eines riesigen Höllenhundes verwandelte. Gefährlich fletschte der seine gewaltigen Zähne, bereit, jeden Augenblick zuzubeißen.

Macho winselte kläglich.

Da verwandelte sich die Fratze wieder in Giacomo Fumos Gesicht. Höhnisch sagte er: «Keine Angst, du zotteliger Winselpinsel. Du bleibst nicht lange allein. Deine Lilli wird dir bald folgen!»

Und teuflisch lachend löste sich Giacomo Fumo in einem Windstrudel auf und fegte davon.

Ängstlich duckte sich Macho in die hinterste Ecke der Erdmulde.

13. Kapitel

Lilli hatte keine Ahnung, wo Giacomo Fumo Macho hingebracht hatte. Aber sie war entschlossen, ihn auch ein zweites Mal aufzuspüren. Zusammen mit Zitterwurzel suchte sie nach ihrem Freund, und sie hatte die Hoffnung noch nicht aufgegeben, ihn zu finden.

Gerade liefen die beiden einen Hohlweg entlang. Rechts und links des Weges standen dicht an dicht Bäume.

Verzweifelt rief Lilli ins Dunkel der Bäume hinein: «Macho, ich komme und hol dich!»

«Mamamamamacho! Wiwiwiwiwir sind hiiiiier!!!», brüllte Zitterwurzel, so laut er konnte.

Und beide hofften, dass Macho sie hören würde.

Sie waren schon ganz heiser, so oft hatten sie nach ihm gerufen. Aber nie hatten sie eine Antwort bekommen.

Der Weg wurde enger und immer unheimlicher. Lilli versuchte gegen ihre aufkeimende Angst anzulaufen. Sie spürte, dass ihr Verfolger nicht mehr weit weg war.

Sie liefen weiter, bis sie an eine Stelle kamen, an der der Weg um einen Berg herumführte. Schroffe Felswände ragten steil in die Höhe.

Ratlos schaute Lilli nach oben. «Ach, Zitterwurzel, wir finden Macho nie wieder», seufzte sie. «Weißt du was – am liebsten möchte ich wieder nach Hause.»

«Oje, oje, oje, oje! Lilli, aber das geht doch nicht.»

«Vielleicht gibt mir Schiroccina ja nochmal etwas von ihrem Flugsamen.»

«Nein. Dadadadas ist nicht der Grund.»

«Was denn?»

«Wer ins Reich des gläsernen Mondes reist, der kann nicht so einfach zurück.»

«Warum nicht?»

«Du kannst erst dann zurück, wenn du deine Aufgabe erfüllt hast.»

«Ich glaube, das schaff ich sowieso nicht!»

«O ja, o ja, o ja, o ja! Ich glaube, du schaffst das! Hier! Vielleicht hilft das?!»

Zitterwurzel legte das Bettdeckenbündel ab und hielt Lilli seinen Zeigefinger hin. Lilli drückte ihren Zeigefinger dagegen und spürte ein Kribbeln. Schon fühlte sie sich stärker.

«Na gut, dann komm, gehen wir weiter!», schlug Lilli vor.

Der Erdkobold klemmte sich das Bettdeckenbündel unter den Arm und folgte Lilli um den Berg herum. Sie kamen an eine Wiese, auf der eine knorrige Weide stand.

Plötzlich riss sich Zitterwurzel seine Mütze vom Kopf und schwenkte sie aufgeregt nach hinten. «Die Weiweiweide!», rief er. «Die sieht aus, als wäre sie bewohnt.»

Lilli schaute den Erdkobold irritiert an. «Wer soll denn da drin wohnen?»

«Nanananana, zum Beispiel … Weidengnome!»

«Du meinst Olf?»

Zitterwurzel nickte so heftig, dass der Bommel seiner Mütze tanzte.

«Dann komm schon! Schauen wir nach! Vielleicht hält er Macho gefangen!»

Lilli schöpfte Hoffnung. Sie liefen auf die Weide zu …

Da wirbelte ein Windstrudel heran und blieb direkt vor Lilli stehen: Giacomo Fumo! Und noch ehe Zitterwurzel eingreifen konnte, packte er sich Lilli.

Verzweifelt versuchte sie sich aus seinem eisenharten Griff zu befreien. «Hey, was soll das?!», schimpfte sie und boxte, strampelte, kickte mit den Füßen gegen Fumos Beine.

Aber Giacomo Fumo hielt das Mädchen unnachgiebig fest. Bösartig grinste er es an und presste mit scheinheilig freundlicher Stimme hervor: «Hallo, Lilli! Ich wusste, dass du hierher kommst!»

«Lass mich sofort los!», brüllte Lilli.

Zitterwurzel wäre am liebsten hinter die Weide geflüchtet. Aber hier ging es um Lilli! Da durfte er nicht kneifen. Deswegen nahm er seinen ganzen Mut zusammen und stammelte: «Lolololoslassen, Giacomo Fumo … Aaaaaber sofort! Oder, oder … äh … oder du wirst schon sehen!»

Mit einem Grinsen lockerte Giacomo Fumo den Griff ein wenig. Doch unbarmherzig streng verkündete er dann: «Meine Geduld ist zu Ende. Wenn Lilli mir nicht mein Herz beschaffen kann, dann muss eben ihr eigenes dran glauben.»

Lilli konnte er damit nicht einschüchtern. «Sagt mir lieber, wo Macho ist!», befahl sie dem Wind trotzig.

«Das ist mein Geheimnis!», erwiderte Giacomo Fumo unversöhnlich.

«Und was ist ... wenn Lilli es nun doch schafft, Ihr Herz zu finden?», wollte Zitterwurzel wissen. Und während er das fragte, drückte er insgeheim ganz fest beide Daumen, dass Giacomo Fumo es sich doch noch einmal überlegte.

«Dann muss sie sich aber beeilen», antwortete Fumo.

Zitterwurzel witterte eine kleine Chance. Er zappelte vor Giacomo rum und bettelte: «O ja, o ja, o ja, o ja ... Giacomo Fumo! Geben Sie uns noch Zeit! Für Sie und Ihr Herz wäre es doch auch gut ...»

«Du bibbernder, hosenschissiger Zitterbold hast mir gar nichts zu sagen!», schnauzte Giacomo Fumo ihn an und schrie so laut, dass Zitterwurzel zusammenschrumpfte wie ein alter Luftballon: «Was gut für mich ist, das entscheide ich! Ich ganz allein!» Für einen Augenblick war es jetzt mucksmäuschenstill. Keiner sagte etwas. Zitterwurzel wagte kaum zu atmen.

Und auch Lilli hielt angstvoll den Atem an.

Giacomo Fumo überlegte lange, quälend lange. Nacheinander schaute er Zitterwurzel und Lilli an. Dann ließ er Lilli los.

«In Ordnung», sagte der Wind knapp.

Lilli und Zitterwurzel wollten schon aufatmen. Da drohte Giacomo Fumo auf einmal mit unheimlich hallender Monsterstimme: «Aber wehe, der Tag geht zu Ende! Wenn mein Herz dann immer noch nicht da ist! Dann ist das nicht nur das Ende des Tages! Dann ist das das Ende der ganzen Welt! Dann puste ich einen Orkan los, der die Welt in Staub verwandelt! Die ganze Welt! Kapiert?!!!»

Und um zu zeigen, wie bitterernst es ihm war, pustete er einen nahe liegenden Berg in tausend Stücke. Dann löste Giacomo Fumo sich wieder in einem Luftwirbel auf und verschwand.

Lilli und Zitterwurzel hatten sich Schutz suchend unter Lillis Bettdecke verkrochen.

Aus dem Innern der Weide hörten sie plötzlich jemanden heulen. «Uuuäähhh! Uuuäähhh! Uuuäähhh! Angst hab ich, solche Angst! Uuuäähhh! Uuuäähhh! Uuuäähhh!»

Zitterwurzel freute sich über dieses Gejammer. «O ja, o ja, o ja!!! Hörst du das, Lilli! Was für ein Tag! Da hat jemand noch mehr Angst als ich!»

Sie krochen unter der Decke hervor.

«Und wovor hast du Angst?», fragte Lilli das Wesen in der Weide.

«Na, vor dem Weltuntergang. Ist es schon da – das Ende der Welt?» Vorsichtig lugte jemand aus der Weide heraus.

Lilli und Zitterwurzel schauten gespannt auf den Baum – und plötzlich begann Lilli aufgebracht zu schimpfen. «Der Mistkäfer!!!», rief sie. Sie hatte Olf sofort wiedererkannt.

Olf traute sich gar nicht, Lilli in die Augen zu schauen, so schuldig fühlte er sich.

«Das tut mir ja auch alles leid. Ich konnte doch nicht ahnen, dass Fumissimo so ausrastet! Alles will er in die Luft pusten! Die ganze Welt! Auch meine alte Weide …» Dabei tätschelte Olf den Stamm seiner Weide, heulte hemmungslos und wollte gar nicht mehr aufhören. «Uuuäähhh! Uuuäähhh! Uuuäähhh!»

«Ich denke, jetzt können wir ihm trauen», meinte Zitterwurzel

«Wirklich?» Lilli war sich noch nicht sicher. Skeptisch musterte sie den Gnomen.

Der schluchzte und schniefte und beteuerte:

«Wirklich! Ganz bestimmt sogar! Ich schwör's!» Und als Beweis, dass er es ernst meinte, hob er seine beiden Gnomenfinger zum Schwur in die Luft.

Zitterwurzel hielt ihm drohend seine Faust hin. «Bist du für oder gegen Lilli?»

«Für Lilli natürlich! Sie ist unsere einzige Chance! Und glaub mir, Lilli, das mit Macho tut mir leid!»

Lilli durchzuckte es. «Macho? Weißt du, wo er steckt?»

Olf nickte und Lilli beschloss, ihm zu trauen. «Also, dann sag schon … wo?»

Olf druckste ein bisschen rum. Er wusste, die Nachricht, die er zu überbringen hatte, war keine gute Nachricht. «Ähm … Giacomo Fumo hat etwas von Schatten gesagt …»

Bei dem Wort «Schatten» bekam Zitterwurzel eine Gänsehaut. Er wusste, was das bedeutete. «Oje, oje, oje, oje! Dann hat er Macho in die Schwarze Schlucht gebracht … zu den … den … den», Zitterwurzel traute sich nicht, das Wort auszusprechen.

«Du meinst, zu den tanzenden Schatten?», erkundigte sich Lilli besorgt.

Olf nickte.

«Hat das etwas mit meiner Aufgabe zu tun?»

«Aber ich dachte, deine Aufgabe ist es, Giacomo Fumos Herz zu finden?», fragte der Gnom.

«Jajajajaja!», versicherte Zitterwurzel. «Aber dafür muss Lilli drei Aufgaben lösen.»

«Und als Erstes muss ich die Botschaft der Schatten herauskriegen. Das kann ja nicht so schwer sein.» So schnell sie konnte, packte Lilli ihre Bettdecke zusammen. Olf und Zitterwurzel halfen ihr dabei, wirkten aber plötzlich sehr bedrückt. Beide schauten Lilli mitleidig an.

Lilli spürte: Hier stimmte was nicht! Ob es daran lag, dass sie alle solche Angst hatten vor diesen Schatten? Lilli jedenfalls fühlte sich so stark, dass sie vor gar nichts mehr Angst hatte. «Was schaut ihr mich so an? Ich rede mit den Schatten, erkläre ihnen alles. Dann verraten sie mir bestimmt ihre Botschaft und geben mir Macho zurück.»

«Oje, oje, oje, oje! Lilli! Die Schatten haben noch nie jemanden wieder freigegeben!»

«Was soll das heißen, Zitterwurzel?»

Der Erdkobold schwieg bedrückt.

«Nun ja, es gibt da ein paar Dinge, die du wissen musst, Lilli ...», erklärte Olf. «Schatten hören nicht auf irgendwelche Erklärungen.»

«Kann man denn überhaupt mit denen sprechen?»

«Das hat noch keiner probiert.»

«Ich versuch's einfach. Ich hab keine Angst», erklärte Lilli mutig.

Olf schaute sie von oben bis unten prüfend an. Dann sagte er:

«Mut ist gut! Aber Angst ist manchmal besser. Man kann nämlich nur mutig sein, wenn man auch Angst hat.»

«Das hat Schiroccina auch gesagt», erinnerte sich Lilli. Aber sie verstand immer noch nicht, was damit gemeint war. Darüber wollte Lilli jetzt auch nicht näher nachdenken. Sie drängte darauf, dass sie endlich loszogen. Olf eilte mit Lilli vorneweg. Zitterwurzel schnappte sich Lillis Deckenbündel und trottete hinter den beiden her.

Lilli hatte es plötzlich sehr eilig. Sie wollte keine Zeit mehr verlieren. Macho wartete bestimmt schon! Hoffentlich hatten die Schatten ihm nicht schon irgendwas angetan! Aber diesen Gedanken verscheuchte Lilli gleich wieder. Sie versuchte zu glauben, dass Macho sich vor ihnen in Sicherheit bringen konnte und Lilli ihren Freund noch rechtzeitig fand.

14. Kapitel

Aber die Schatten hatten Macho schon längst umzingelt …

Er hatte sich in der Erdmulde so klein wie möglich zusammengerollt, war ganz bis zum Rand gekrochen und schmiegte sich dicht an die kühle Wand der Erdvertiefung.

Plötzlich zeichnete sich ein Schatten auf dem Boden der Mulde ab. Er wurde immer größer und größer und größer.

Wie von einer Hummel gestochen, sprang Macho auf.

Jetzt sah er, dass es nicht nur *ein* Schatten war – es waren viele!

Die dunklen, durchsichtig dahinwabernden Schwaden formten sich zu unzähligen unförmigen Schattenwesen. Sie kamen auf Macho zu, umzingelten ihn, nahmen ihn in ihrem unheimlichen Schattenkreis gefangen.

Macho fiepte verzweifelt. Ängstlich fuhr er sich mit der Pfote über die Augen, so, als wollte er einen bösen Traum loswerden. Dabei streifte er sich sein rotes Glücks-Halstuch ab, ohne es zu merken. Er war viel zu sehr damit beschäftigt, vor den schrecklichen,

Angst einflößenden Gestalten zu fliehen. Aber in welche Ecke er sich auch verzog, immer wartete dort schon ein Schattenwesen auf ihn.

Plötzlich verwandelten sich die Monsterschatten in Höllenhunde mit Furcht erregenden Fratzen. Sie sahen genau so aus wie die Gestalt, in die sich Giacomo Fumo verwandelt hatte.

Drohend rissen sie ihre Mäuler weit auf und fletschten ihre spitzen Zähne. Giftgrüne Atemwolken strömten heraus, hüllten Macho ein – und verwandelten auch ihn in einen Schatten.

Jetzt wurden die Schatten zu großen, tiefschwarzen Raben. Einer dieser Raben packte den Schatten-Macho mit seinem riesigen Schnabel, erhob sich mit ihm in die Luft und schleppte ihn fort. Die anderen Raben folgten.

Machos rotes Glücks-Halstuch blieb auf dem Boden der Erdmulde zurück. Langsam legte sich der aufgewirbelte Staub und deckte das Halstuch zu.

Stille kehrte ein im Tal der Schatten, gespenstische Totenstille.

Lilli, Olf und Zitterwurzel waren noch ein ganzes Stück von diesem Tal entfernt. Sie hatten etwa die Hälfte des Weges zurückgelegt und kamen an einen Bach, in dem viele große Steine lagen. Die drei durchquerten das Wasser, indem sie von Stein zu Stein hüpften.

Lilli gingen tausend Gedanken im Kopf herum. Mit diesen Schatten war anscheinend nicht zu spaßen. Wenn sie wenigstens Genaueres wüsste. Das war alles so fremd, so geheimnisvoll, so unheimlich. Aber kneifen konnte Lilli nicht. Sie musste das Herz des Windes finden. Sonst war nicht nur Macho verloren, sondern sie selbst auch – und Olf und Zitterwurzel. Sonst war die ganze Welt verloren! Sie bekam eine Gänsehaut, wenn sie daran dachte, wie viel von ihr abhing.

Lilli balancierte auf einem Felsbrocken und bemerkte erst jetzt, dass der nächste Stein meterweit entfernt war.

«Hier, Lilli! Greif zu!», rief Olf ihr zu. Der Gnom streckte ihr seine Hand entgegen und zog Lilli zu sich auf einen Stein, der so breit war wie der Rücken eines Nilpferdes.

Lilli war in Gedanken immer noch woanders.

«Olf, weißt du noch mehr über die Schatten?», erkundigte sie sich.

Diese Biester gingen ihr nicht mehr aus dem Kopf.

«O ja», antwortete der Gnom. Er tat jetzt sehr wichtig. «Erstens sprechen die Schatten nur in Rätseln. Zweitens gibt es einen Trick, sie herbeizulocken. Und drittens verschwinden sie nicht so einfach wieder.»

«Dudududu ...», Zitterwurzel wollte etwas zu Olf sagen, kam dabei aber auf seinem Stein so heftig ins Wanken, dass er fast ins Wasser fiel. Erst im letzten Moment konnte er sich fangen.

Olf dachte, Zitterwurzel wollte ihm drohen, und erkundigte sich verdutzt: «Dudududu? Was hab ich dir denn getan?»

«Dudududu sprichst anscheinend auch gern in Rätseln.»

«Macht einfach mehr her. Je größer dein Geheimnis, desto interessanter bist du», erklärte Olf verschmitzt. Und mit einem lockeren Sprung erreichte er das andere Ufer.

Zitterwurzel nickte beeindruckt, vergaß dabei ganz, auf seinen Weg zu schauen, und landete jetzt doch im Wasser. Lilli half dem Erdkobold ans Ufer, wo Olf schon auf sie wartete.

«Hey, du schlauer Gnom, kannst du das mit den Schatten auch so erklären, dass man's versteht?», fragte Lilli. Olfs Getue ließ sie kalt.

«Na gut», lenkte der Gnom ein. «Also erstens haben sie eine Botschaft für dich. So eine Art Rätsel, das du lösen musst.»

«Das hab ich kapiert.»

Auch Zitterwurzel nickte.

«Zweitens: Wenn man die Schatten treffen will, dann geht das nur, wenn man auch Angst vor ihnen hat. Denn erst die Angst, die jemand hat, lockt die Schatten herbei. Ohne Angst keine Schatten. Auch kapiert?»

Lilli und Zitterwurzel schauten sich kurz an und nickten dann gleichzeitig.

«Und wie verschwinden sie wieder?», wollte Lilli wissen.

«Das tun sie nur, wenn man keine Angst mehr hat.»

«Oje, oje, oje, oje! Wie soll das denn gehen?», erkundigte sich Zitterwurzel verwirrt. «Wenn ich nur daran denke, werden die Pöckelchen meiner Gänsehaut gleich so groß wie Hühnereier! Arme Lilli!»

«Ja, wie soll ich das denn schaffen? Angst zu haben und dann wieder doch nicht?»

«Du musst es schaffen, die Schatten zu vertreiben.»

Lilli schaute Olf verständnislos an. «Und womit?»

«Mit etwas, das du gut kannst.»

«Probier's mit einem Spruch!», schlug Zitterwurzel vor.

«Diese Schatten lassen sich doch nicht mit irgendeinem Spruch vertreiben», zweifelte Lilli.

Olf dachte nach. «Na ja … vielleicht schon. Ein Bannspruch könnte wirken, aber nur, wenn es der richtige ist.»

«Aber Olf, woher soll ich wissen, welches der richtige Spruch ist?»

«Du machst einfach einen Spruch auf das, was du vertreiben willst.»

«Verstehe …», meinte Lilli, obwohl sie alles nur halb verstand.

Zitterwurzel verstand es überhaupt nicht. «Und-undundundund das funktioniert? Das funktioniert wirklich?»

Olf setzte eine besonders wichtige Miene auf und erklärte: «Also, da gibt es nur zwei Möglichkeiten: Entweder es funktioniert, oder es funktioniert nicht.»

«Oje, oje, oje, oje! Ich wusste schon, warum ich den Schatten nie begegnen wollte!»

Jetzt wurde es Lilli doch mulmig zumute. Aber sie ließ sich nichts anmerken.

Olf dagegen bekam immer mehr Spaß an dem Abenteuer. «Endlich mal was los hier! Sonst hör ich immer nur das Gras wachsen in der Weide», rief er.

Und begeistert eilte Olf voran, weiter auf dem Weg zur Schwarzen Schlucht.

Dorthin war auch Giacomo Fumo unterwegs.

Er wollte sich davon überzeugen, ob die tanzenden Schatten ganze Arbeit geleistet hatten.

Die Schwarze Schlucht war ein unheimlicher Ort. Kein Sonnenstrahl fand seinen Weg hierher. Riesige, zerklüftete Felswände hielten jedes Licht ab. Drohend ragten die spitzen Felsen in den Himmel. Mit bedrückender Wucht standen sie dicht an dicht um einen geheimnisvollen Platz und schufen ein großes, nach oben offenes Felsenverlies. Die Wände der Felsen bestanden aus Steinschichten in verschiedenen Farben. Sie bildeten merkwürdige Muster, Formen und Zeichen. Der einzige Zugang zu diesem Ort war ein schmaler Spalt, der die Gebirgswand teilte. Wie ein dunkler Schlund tat er sich zwischen den Felsen auf.

Ein Windwirbel fegte in die Schlucht und nahm menschliche Formen an – Giacomo Fumo erschien. Eingehend betrachtete er die Muster in den Felswänden und ging auf eine Stelle zu, an der sich besonders auffällige Linien und Formen abzeichneten. Er tastete die Wand ab und fand zwei kleine Felsenlöcher. Giacomo Fumo nickte zufrieden. Dann schaute er durch die Löcher in das Innere des Felsens. So konnte der Wind in einen höhlenartigen Raum sehen. Fahles Licht fiel durch die Spalte in der Felswand. Düster, feucht und kalt war es hier. Wer sich hierher verirrte, für den gab es keine Rettung mehr. Deswegen nannte man diese Höhle auch die Gruft des Vergessens.

Und hier, an die feuchte Wand gekauert, lag leise winselnd Macho. Oder besser gesagt das, was von dem quicklebendigen Macho noch übrig war: ein Schatten.

Als Giacomo Fumo Macho dort entdeckte, grinste er zufrieden und rief in die Höhle: «So, Macho, jetzt pinkelst du keinem mehr ans Bein! Und wenn deine Lilli nicht bis heute Abend mit meinem Herzen auftaucht, dann hole ich mir ihr Herz. Und du wirst hier langsam zu Staub zerfallen!»

Böse lachend wandte sich Giacomo Fumo wieder von der Felswand ab und düste davon. Dabei rief er so laut, dass sein Echo wie eine Angst einflößende Monsterstimme von den Felsen zurückschallte: «Und diesen Staub puste ich dann weg, zusammen mit der ganzen Welt ... der ganzen Welt!»

15. Kapitel

Heftige Windböen fegten durch die Schlucht und pusteten auch Lilli, Olf und Zitterwurzel kräftig durch. Die drei hatten gerade das Tal der Schatten erreicht. In der Ferne konnten sie den Eingang zur Schwarzen Schlucht sehen.

Lillis Haare wirbelten wild durcheinander. Sie ahnte, dass dieser Wind etwas mit Giacomo Fumo zu tun hatte. Ihre Knie fingen an zu schlottern, und als sie sich umschaute, fröstelte sie.

Dies war kein Ort, der zu einem gemütlichen Picknick einlud. Alles hier deutete darauf hin, dass Unheimliches geschah in dieser düsteren Gegend. Dorniges Gestrüpp wucherte wild an den Hängen rechts und links. Wie riesige Speerspitzen ragten Felsen daraus hervor und bedrohten jeden, der das Tal betrat. Selbst die verwilderte Wiesenfläche am Eingang schien sich nicht weiter vorzuwagen. Sie hörte plötzlich auf, was blieb, waren Steine. Nur Steine und jede Menge Staub.

Einen normalen Weg gab es hier nicht mehr. Vom Sturm entwurzelte Bäume lagen kreuz und quer in der Gegend herum und bildeten ein undurchdringliches Gewirr aus abgestorbenen Ästen.

Lilli, Olf und Zitterwurzel bahnten sich ihren Weg durch das Baumdickicht. Ein besonders großer Baum, der beim Umstürzen eine tiefe Kuhle im Boden hinterlassen hatte, versperrte den Eingang zum düsteren Tal der Schatten.

Zitterwurzel genügte ein Blick. Er ging direkt hinter dem Baumstamm in Deckung und stotterte ängstlich: «Oje, oje, oje, oje! Dadadas ist wirklich 'ne schattige Gegend!»

Lilli kletterte auf den umgefallenen Stamm und schaute sich das Tal genauer an. Je mehr sie sah, desto mulmiger wurde ihr. «Muss ich da jetzt ganz allein rein?»

«Ich fürchte, ja», erwiderte Olf. Der Gnom duckte sich ebenfalls hinter den Baumstamm. «Sonst tauchen die Schatten nicht auf. Und ohne Schatten keine Botschaft.»

«Na gut», sagte Lilli nur und balancierte auf dem Stamm.

Innerlich zitterte sie. Was würden diese Schattenbiester mit ihr machen? Am liebsten hätte sie sich jetzt ganz einfach unter ihrer Bettdecke verkrochen. «Aber ich werde durchhalten!», sagte sie zu sich. «Ich muss das Geheimnis der Schatten herausfinden!» Zögernd schaute sie Olf und Zitterwurzel an und versuchte zu lächeln. Doch es wollte ihr nicht so richtig gelingen.

Zitterwurzel spürte, dass es jetzt ernst werden würde. Schnell legte er Lillis Deckenbündel ab und versteckte sich vorsichtshalber im Ästelabyrinth. Dabei jammerte er in einem fort: «Oje, oje, oje, oje! Die

Schatten! Nie wollte ich denen begegnen. Nie! Nie, nie, nie, nie, nie!!!!!»

«Pscht!», winkte Olf dem Erdkobold zu. «Jetzt halt endlich deinen Mund! Du machst es für Lilli nur noch schlimmer!»

Vor Schreck hielt Zitterwurzel sich wirklich mit einer Hand den Mund zu.

«Alles klar bei dir, Lilli?», erkundigte sich Olf fürsorglich.

Lilli nickte und lächelte tapfer. Langsam, vorsichtig kletterte sie dann vom Baumstamm herab und ging auf den Eingang des Tales zu.

Lillis Herz schlug schneller, sie atmete tief durch. Wenn sie nur wüsste, was sie hier erwartete. Es war so unheimlich, sah so aus, als ob sich die Felsen jeden Augenblick in Ungeheuer verwandeln würden.

Angespannt suchte Lilli mit Blicken die Gegend ab. Wo steckten sie, die Ungeheuer?

Doch da – die Felsen waren plötzlich keine Felsen mehr, sie hatten sich in abscheuliche Riesenmonsteraugen verwandelt! Es waren genau dieselben Augen, die Lilli am großen Tränensee gesehen hatte. Dumpf starrten sie Lilli an ...

Da spürte Lilli plötzlich, wie die Angst bis in ihre Haarspitzen hinein in ihr hochkribbelte.

Vielleicht hatten auch die Schatten solche schrecklichen Monsteraugen? Lilli stellte es sich vor und spürte sofort, wie ein dicker Kloß sich in ihrem Hals festsetzte.

Wie aus dem Nichts zog Nebel durch das Tal und kreiste Lilli ein.

Vorsichtig tastete sie sich weiter vor, behutsam setzte sie einen Schritt vor den anderen. Dieser Nebel war ihr nicht geheuer, denn Lilli spürte, dass es kein normaler Nebel war. Mit einem Mal stolperte sie und fiel in eine Erdmulde. Schnell rappelte Lilli sich wieder hoch – und sah, wie sich der Nebel in wabernde Schwaden verwandelte. Vor Lillis Augen entstanden durchscheinende Gestalten, die aus vielen Staubteilchen zu bestehen schienen.

Die Schatten! Lilli traute sich kaum, sich zu bewegen … Sie hatten wirklich Augen!

Die Schattenwesen starrten Lilli aus fürchterlichen Monsteraugen an.

Lilli wusste nicht, wo sie hinschauen sollte. Von allen Seiten spürte sie die Blicke. Lilli fühlte sich wie versteinert. Die Angst lähmte sie. Sie traute sich kaum zu atmen.

Da begannen die Gestalten leise zu flüstern – so leise, dass Lilli kein Wort verstehen konnte.

Die Schatten kamen näher. Lilli zitterte.

Hinter der Deckung des Baumes versteckt, zitterten die anderen mit. Olf und Zitterwurzel beobachteten jeden Schritt und jede Bewegung von Lilli.

Olf rief ihr zu: «Lilli, hörst du ihre Botschaft?»

«Ich kann die Schatten so schwer verstehen!», rief Lilli zurück. Sie lauschte angestrengt.

Die Schatten kamen näher und näher und näher.

Verzweifelt drehte Lilli sich nach dem Gnomen um. «Olf?! Kann ich sie nicht gleich wieder verjagen?»

«Später, Lilli! Wir brauchen die Botschaft!»

«Hahahalte durch, Lilli!», versuchte Zitterwurzel ihr Mut zu machen. Er selbst klammerte sich an Olf, wendete sich ab und bibberte ängstlich: «O nee, o nee, o nee, o nee! Ich kann da gar nicht hinschauen.»

Da! Die dunklen Schattenwesen blieben stehen.

Ihr Flüstern verstummte. Wie Teleskope fuhren die Schatten ihre Augen aus. Tausend Augen starrten Lilli an …

Langsam, ganz langsam ging sie auf die Schatten zu.

Die Schattenaugen verfolgten jede ihrer Bewegungen.

Ängstlich beobachtete Lilli die Augen.

Sie nahm ihren ganzen Mut zusammen und sprach die unheimlichen Wesen an: «Na los, wo bleibt denn eure Botschaft?»

Die Schatten hielten ihre Augen weiter bewegungslos auf Lilli gerichtet.

«Seid ihr plötzlich stumm geworden? Hey, die Botschaft … ich brauche eure Botschaft!»

Die Schatten schwiegen weiter.

«Na, wird's bald!», rief Lilli verzweifelt. «Ohne die Botschaft bin ich verloren!»

Auf einmal begannen die tausendäugigen Schatten zu flüstern. Erst leise, dann immer lauter flüsterten sie:

«Der Mond, der Mond, der Mond,
Der hat es, hat es, hat es
Und hat es doch nicht, nicht, nicht.
Der Mond hat es
Und hat es doch nicht.»

Konzentriert wiederholte Lilli: «Der Mond … hat es … und hat es doch nicht … Geht's noch weiter?»

Aber die Schatten blieben stumm.

«Okay. War's das?»

Die Schatten mit den tausend Augen nickten.

Lilli atmete tief durch und rief Olf und Zitterwurzel zu: «Der Mond hat es und hat es doch nicht! Das ist die Botschaft!»

Olf nickte zufrieden.

Nur Zitterwurzel schüttelte irritiert den Kopf. «O nee, o nee, o nee, o nee! Was für eine komische Botschaft! Der Mond hat es doch. Nein, nicht. Nicht doch. Der Mond hat ein Loch????» Und ganz und gar verwirrt vergaß Zitterwurzel den Mund zuzumachen. Er schaute zu Lilli. Da fiel ihm vor Schreck die Kinnlade noch weiter herunter.

Die Schatten mit den tausend Augen kamen Lilli bedrohlich nahe. Sie kamen von allen Seiten. Lilli konnte in keine Richtung ausweichen.

«Wie werde ich die jetzt wieder los?», erkundigte sich Lilli verzweifelt bei ihren Freunden.

«Denk an den Bannspruch!», rief Olf ihr zu. «Versuch sie mit einem Bannspruch zu vertreiben!»

«Ein Bannspruch. Aber was für einer?» Lilli überlegte fieberhaft. Olf hatte gut reden. Ein Bannspruch! Im Augenblick fiel ihr gar nichts ein. Kein einziges Wort. In Lillis Kopf war nur eine große Leere ...

Giftgrüne Atemwolken strömten plötzlich aus den Schatten heraus.

Olf und Zitterwurzel hielten panisch die Luft an. Der Kobold konnte gar nicht mehr hinsehen und deckte sich mit dem Zipfel seiner Mütze die Augen zu.

Lilli suchte immer noch fieberhaft nach einem passenden Spruch. Sie spürte, dass sie nicht mehr viel Zeit hatte. Ein Spruch! Ein Spruch! Ein Spruch! Irgendetwas, das diese Biester wieder vertrieb! Was konnte das nur sein?

Lilli war inzwischen ganz und gar von den giftgrünen Atemwolken eingehüllt.

Was hatte Olf noch gesagt? «Du machst einfach einen Spruch auf das, was du vertreiben willst.» Na dann, Lilli versuchte rauszukriegen, was ihr am meisten Angst machte. Die Blicke – es waren die Blicke, die sie anstarrten.

Und so schleuderte Lilli den Schatten jetzt das entgegen, was ihr dazu einfiel:

«Blicke starren
Woll'n mich narren
Eins, zwei, drei
Spuk vorbei!»

Lillis Worte trafen die Schatten wie Zauberpfeile. Sie zuckten, verbogen und krümmten sich. Ihr giftgrüner Atem färbte sich fröhlich bunt. Und kichernd kugelten sich die Schatten zusammen, bevor sie sich in bunte Luftblasen auflösten. In allen Farben schimmernd schwebten sie dem Himmel entgegen und zerplatzten eine nach der anderen wie eine Seifenblase.

Lilli schaute den Luftblasen nach. Sie konnte es gar nicht fassen. Ihr Bannspruch hatte gewirkt! Überglücklich winkte sie ihren Freunden zu.

Zitterwurzel sprang jubelnd in die Luft und rannte Lilli entgegen.

«Du hast es geschafft! Du hast es geschafft, Lilli!

Du bist die Größte!», rief er und umarmte seine Freundin.

Nur Olf blieb da, wo er war. Merkwürdig still beobachtete er, wie die beiden jubelten. Zitterwurzel nahm Lilli an der Hand. Und erleichtert eilten sie zu Olf zurück.

16. Kapitel

Nach ihrem Erfolg fühlte Lilli sich richtig übermütig.

«So, und was will uns diese Botschaft jetzt sagen?», erkundigte sie sich flapsig bei Olf. «Der Mond hat es und hat es doch nicht …! Eine Superbotschaft ist das! Da lach ich ja drüber. Das ist keine Botschaft – das ist Quatsch! Musst du doch auch sagen, Olf! Oder findest du, dass das 'ne richtige Botschaft ist?

Der Mond hat es und hat es doch nicht! Die haben doch ’nen Schatten, die Schatten! Die sind doch nicht ganz dicht! Oder, Olf? Was sagst du?»

«Da fehlt ja noch der zweite Teil», erklärte der Gnom ernst.

«Der zweite Teil?» Lilli starrte Olf fassungslos an. Sie glaubte nicht richtig zu hören. «Was für ein zweiter Teil??»

«O nee, o nee, o nee, o nee!», jammerte auch Zitterwurzel. «Kommen die alten Schattenpupser etwa nochmal wieder?» Olf blieb stumm. Aber sein Blick sagte alles.

Lilli wollte es nicht wahrhaben. Sie war wütend und verzweifelt zugleich. Sie wusste nicht, ob sie aus Verzweiflung losheulen oder vor Wut den nächsten Busch ausreißen sollte. «Olf, du gemeiner Trickser! Warum hast du mir nicht gesagt, dass die Botschaft zwei Teile hat?»

«Ich wollte es dir leichter machen.»

«Indem du mich anlügst?»

«Gelogen habe ich nicht. Ich habe dir nur nicht alles erzählt. Und manchmal ist es besser, wenn man nicht alles weiß. Große Aufgaben bestehen aus vielen kleinen Stückchen. Das erste Stückchen hast du geschafft. Und jetzt schaffst du das nächste.»

«Warum bist du dir da so sicher? Ich glaube, diese

Schattenpupser können sich in alles Mögliche verwandeln. Keiner weiß, was sie sich als Nächstes ausdenken.»

«Doch, Lilli! Du weißt das.»

«Olf, jetzt spinn nicht rum! Das müsste ich doch wissen, wenn ich das weiß!»

«Das Wissen ist noch in dir versteckt.»

Genervt verdrehte Lilli die Augen und seufzte.

«O nee, o nee, o nee, o nee! Jetzt redet der wieder nur in Rätseln, dieser Dumpfschwafler!», ärgerte sich auch Zitterwurzel. «Schwätz nicht dumm rum, hilf Lilli!»

Ohne eine Falte seines furchigen Gnomengesichts zu bewegen, erwiderte Olf: «Lilli kann sich nur selber helfen.» Erwartungsvoll schaute er sie an.

«Oje!», seufzte Lilli. «Ich glaub, allein schaff ich das nicht nochmal.»

Zitterwurzel schreckte hoch. Man konnte förmlich sehen, wie ein Geistesblitz durch ihn hindurchjagte. «Die Zeigefingerkette! Wir bilden zusammen eine Zeigefingerkette!!!»

«Und warum?», erkundigte sich Olf skeptisch

«Weil, weil, weil Lilli sich dann wieder stark fühlt!»

«Ja! Vielleicht klappt das?» Lilli schöpfte wieder Mut. «Cool, Zitterwurzel!»

Zitterwurzel lächelte, genoss das Lob und war sehr

stolz auf sich. So stolz, dass er gar nicht merkte, dass Olf Zitterwurzel noch etwas fragen wollte. Als Olf dem Erdkobold auf die Schulter klopfte, zuckte der vor Schreck zusammen wie ein Regenwurm.

«Hey, funktioniert das wirklich mit der Zeigefingerkette?», erkundigte sich Olf.

Zitterwurzel nickte heftig und erklärte wichtigtuerisch: «Iiiiist ein Trick von Schiroccina, der Windhexe. Hilft gegen Angst! Musste auch mal probieren, Olf!»

«Ah ja. Schau an. Bisher dachte ich immer, der Zeigefinger wäre nur zum Nasepopeln da.» Und Olf betrachtete seinen Zeigefinger ganz genau.

Lilli wurde langsam unruhig. «Wir sollten uns beeilen! Wer weiß, wann die Schatten wieder auftauchen?»

Der Gnom betrachtete immer noch seinen Zeigefinger. Zitterwurzel schnappte ihn sich und legte ihm seinen Zeigefinger auf die Spitze. Dann nahmen die beiden Lilli in ihre Mitte und berührten mit den Spitzen ihrer anderen beiden Zeigefinger Lillis Finger.

Die Kette war geschlossen.

«Mal sehen, ob es klappt mit dem Zeigefingertrick», flüsterte Lilli. «Denn soll ich euch was verraten ... ich habe schreckliche Angst!»

«Aber du weißt doch, wie du die Schatten vertreiben kannst», tröstete Olf.

«Na ja, schon … mit einem Bannspruch. Olf, kannst du mir nicht doch einen Tipp geben? Kennst du keinen Bannspruch, der immer wirkt?»

«Hmm. Also ehrlich gesagt. Ich selbst, ich kenn gar keine Bannsprüche. Aber du machst das schon!»

Und er und Zitterwurzel drückten Lillis Zeigefinger ganz fest.

Da spürte Lilli wieder, wie es in ihr kribbelte und wohlig warm bis in die Fingerspitzen strömte. Und bald war die Angst vor ihrer Angst weg. Lilli fühlte sich mutig, weil sie darauf vertraute, dass ihr schon der richtige Bannspruch einfallen würde. «Okay, ihr könnt loslassen! Ich probier's!»

Langsam lösten die drei die Zeigefingerkette, und Lilli ging wieder auf den Eingang des Tales zu.

Voller Spannung schweifte ihr Blick zum Waldrand. Einzelne Äste der Bäume verwandelten sich vor Lillis Augen auf einmal in riesige schlangenartige Krallenarme. Genau wie die, die sich Lilli am großen Tränensee entgegengeschlängelt hatten.

Lilli schaute noch einmal hin. Diesmal waren es wieder normale Äste.

«Dadadadada!!!!», rief Zitterwurzel plötzlich aufgeregt. Entsetzt deutete der Kobold nach vorne. Alle schauten in die Richtung – und sahen, wie die Nebelfetzen wieder langsam näher kamen. Immer näher …

«Dann drückt mir die Daumen, äh … vielleicht besser die Zeigefinger!», rief Lilli ihren Freunden zu. Und mit einem mulmigen Gefühl im Bauch ging sie auf die Nebelschwaden zu.

Zitterwurzel und Olf verfolgten gespannt jede ihrer Bewegungen.

Die unförmigen, schattenartigen Nebelfetzen kamen näher und näher. Und wieder spürte Lilli, wie die Angst bis in die Haarspitzen hinein in ihr hochkrabbelte. «Hoffentlich haben die Schatten diesmal nicht auch Krallen!», dachte Lilli. Und in Gedanken sah sie schon grauenhafte Schattenwesen mit Krallen vor sich. Schon wieder spürte Lilli, wie ein dicker, fetter Angstkloß sich in ihrem Hals festsetzte.

Da nahmen die Nebelfetzen mit einem Mal Gestalt an, wurden zu gesichtslosen Schattenwesen – und aus ihren Seiten wuchsen unzählige, überlange Krallenarme. Langsam bewegten sie sich auf Lilli zu.

«Ist ja schon gut. Ihr habt gewonnen!», rief Lilli den krallenarmigen Nebelmonstern zu. «Ja, ich habe Angst vor euch! Verdammt viel Angst!»

Entsetzt krallte Zitterwurzel sich schlotternd an Olf fest. «O nee, o nee, o nee, o nee! Wenn diese Monsterschatten Lilli in der Luft zerreißen?»

«Du hohle Nuss! Lilli ist stärker!», schimpfte der Gnom.

«O weh, o weh, o weh, o weh! Lilli! Wenn es zu schlimm ist, lauf weg!», rief Zitterwurzel ihr zu.

«Nein! Ich brauch doch die Botschaft!»

Die Schatten tasteten sich mit ihren Krallenarmen immer weiter voran. Immer näher kamen sie auf Lilli zu, schlängelten sich ihr entgegen, streckten die Krallen nach ihr aus.

Lilli ekelte sich. Die Krallen sahen spitz aus. Sie versuchte, sich mit ihren Armen davor zu schützen. Ihr brach der Schweiß aus vor lauter Angst, die Schatten könnten mit ihren Krallen jeden Augenblick zuschlagen und sich in ihren Arm bohren. Aber sie durfte sie noch nicht vertreiben, nicht bevor sie die Botschaft ausgespuckt hatten. Nur, die krallenarmigen Schattenungeheuer dachten gar nicht daran. Sie blieben weiter stumm.

Mit dem Mut der Verzweiflung rief Lilli ihnen zu: «Was ist? Wo bleibt eure Botschaft?»

Die Krallenarme schlängelten sich jetzt um Lillis Kopf. Das konnte Lilli nicht mit ansehen. Ganz fest kniff sie ihre Augen zu und rief: «Soll das eine Zeichensprache sein, oder geht's auch deutlicher?»

Lilli hielt den Atem an. Wenn jetzt wieder keine Antwort kam, was dann? Würden sie ihren Kopf dann in die Krallenzange nehmen? Lilli flehte innerlich: «Bitte, bitte, sagt doch endlich was!»

Da! Endlich hörte Lilli ein leises Wispern, dann einzelne Flüsterlaute. Ihr war, als ob sie dabei den Atem der Schatten spüren konnte. Und auf einmal begannen die Schatten mit den Krallenarmen lauter zu flüstern ... immer lauter ... bis Lilli sie verstehen konnte: «Deute die Zeichen, die Zeichen, die Zeichen», flüsterten sie.

«Die du siehst, siehst, siehst
in seinem Licht, Licht, Licht.
Deute die Zeichen, die du siehst
In seinem Licht.»

Lilli versuchte sich jedes Wort genau zu merken, und konzentriert wiederholte sie: «Deute die Zeichen, die du siehst in seinem Licht.»

Kaum hatte Lilli das letzte Wort der Botschaft ausgesprochen – da packte ein Schatten Lilli mit seiner Kralle und hielt sie ganz fest. Ein zweiter Schatten wollte sie packen.

Lilli spürte den Schmerz. Sie erstarrte. Wenn ihr jetzt nicht ganz schnell etwas einfiel, würde sie von allen Seiten gekrallt. Sie musste etwas tun, sie musste sich gegen die Krallenmonster wehren. Taekwondo kam ihr in den Sinn. Lilli gab sich einen Ruck, winkelte ihr rechtes Bein an und versetzte dem einen Schatten einen Kick mit ihrer Ferse, den anderen wehrte sie mit ihrer Handkante ab. Ein dritter Schatten startete von hinten seinen Krallen-Angriff. Lilli sah es aus den Augenwinkeln, und blitzschnell ließ sie ihr linkes Bein aus der Hüfte nach hinten sausen und kickte die Kralle mit ihrem Fuß weg.

Immer neue Angriffe wehrte Lilli mit blitzschnellen Drehungen, gezielten Handkanten-Luftschlägen und Fußtritten in alle Richtungen ab.

Zitterwurzel und Olf beobachteten Lillis Kampf gegen die Schatten aus sicherer Entfernung. Gespannt hielten sie den Atem an.

Zitterwurzel konnte gar nicht mehr hinschauen. Vor Angst bibbernd, bangte er: «Hohohohohoffentlich fällt Lilli der richtige Babahannspruch ein!»

«Hoffentlich fällt er ihr bald ein!», sorgte sich auch Olf.

Da! Aus den krallenarmigen Schatten strömten plötzlich giftgrüne Atemwolken heraus.

«Der Bannspruch! Na los, sag einen Bannspruch!», rief Olf aufgeregt.

«Bababababannspruch! Babababa-bannspruch!», feuerte auch Zitterwurzel Lilli an, so laut, als wollte er mit seinen Worten einen Spruch heraufbeschwören.

Lilli zermarterte sich das Gehirn: «Ein Bannspruch! Ein Bannspruch! Ein Bannspruch!» Aber wieder spürte sie nur Leere in ihrem Kopf. Da war nichts. Noch nicht mal Stroh oder heiße Luft. Da war gar nichts mehr, nur eine dunkle Angstwolke. Lilli wollte, dass diese Wolke verschwand. Und zwar jetzt sofort! Aber nichts passierte.

Nun wurde Lilli wütend und stellte sich vor, wie sie die Wolke einfach wegschob. In Gedanken sah sie sich selber vor der Wolke stehen. Sie stemmte ihre Hände gegen das dunkle Gebilde, drückte sich mit aller Kraft dagegen und schob es weg.

Und es funktionierte wirklich! Die dunkle Wolke verschwand. Plötzlich fiel Lilli wieder ein, was Olf gesagt hatte: «Mach einen Spruch auf das, was du vertreiben willst!»

Lilli brauchte nicht lange zu überlegen, was es in diesem Fall war: die Krallen! Lilli konzentrierte ihren Blick auf die Krallen der Schattenwesen und begann zu sprechen, ohne dass sie richtig merkte, was sie sprach. Sie rief den Schatten zu:

«Krallen greifen.
Woll'n mich
fortschleifen.
Eins, zwei, drei,
Spuk vorbei!»

Lillis bannende Worte trafen die Schatten auch dieses Mal so, als ob sie sie kitzeln würden. Ihre giftgrünen Atemwolken färbten sich bunt und segelten davon, bis sie sich in der Ferne auflösten. Und die Krallenmonster fingen an zu zucken. Wild und wahllos schüttelten sie sich. Doch dann zuckten sie gemeinsam, bis sie sogar im Takt zuckten.

Lilli war begeistert. Die Schatten sahen plötzlich ganz harmlos aus. Sie zuckte im Takt mit, entwickelte aus den abgehackten Zuckungen einen Rap und tanzte ausgelassen auf Olf und Zitterwurzel zu.

Die beiden staunten. Sie konnten es gar nicht fassen.

Denn auch die Schatten zuckten nicht mehr nur im Takt, sie rappten ebenfalls mit. Lustig schlenkerten sie dabei ihre Krallenarme. Und wirkten jetzt gar nicht mehr bedrohlich, sondern nur noch witzig.

Nach und nach tanzten die Schatten immer schneller und noch schneller – bis sie sich schließlich in viele kleine Staubpartikel auflösten.

Jubelnd tanzten jetzt auch Zitterwurzel und Olf. Sie bewegten sich um Lilli herum. Bei Zitterwurzel sah es aus wie das Gehüpfe eines kugeligen Kängurus. Olf bewegte sich plump und behäbig wie ein Tanzbär. Er hinkte im Takt immer etwas hinterher. Die beiden streckten Lilli anerkennend den Siegerdaumen entgegen und strahlten Lilli an. Und Lilli strahlte zurück. Sie hatte die Schatten auch ein zweites Mal besiegt. Jetzt müsste die Botschaft komplett sein.

17. Kapitel

Also, Olf, wenn die Botschaft wirklich ein Rätsel ist, dann müssen wir es nur noch lösen», erklärte Lilli übermütig.

«Der Mond hat es und hat es doch nicht.
Deute die Zeichen, die du siehst in seinem Licht …
Was kann das bedeuten?»

«Na ja», druckste Olf rum. «Das kann nur etwas bedeuten, wenn die Botschaft komplett ist.»

«O nee, o nee, o nee, o nee, o nee! Jetzt hat's sich ausgeschattet! Nicht nochmal!», schimpfte Zitterwurzel.

Aber da zogen schon wieder wabernde Nebelschwaden aus den Tiefen des Tales herauf.

«Oje, oje, oje, oje! Da sind sie schon wieder! Die Schaschaschaschaschatten!» Ängstlich deutete Zitterwurzel hinter Lilli.

Lilli traute nicht, sich umzudrehen. «Und? Haben sie Mäuler?», erkundigte sie sich zaghaft.

Lilli hatte ihre Frage noch nicht beendet, da verwandelten sich die unförmigen Schattenklumpen, nahmen Gestalt an – und wurden zu gesichtslosen Wesen mit großen Mäulern, die wie riesige Vogelschnäbel aussahen.

«Lilililililli, woher wusstest du das mit den Mäulern?», fragte Zitterwurzel erstaunt.

«Ich glaube, die Schatten verwandeln sich immer in das, wovor ich am meisten Angst habe.»

«Na klar!», rief Olf. «Mit deiner Angst lockst du sie doch herbei!»

«Hey, aber wenn sie immer das tun, was ich mir vorstelle, dann stell ich mir einfach was Witziges vor.»

Lilli glaubte an die Idee und fühlte sich plötzlich wieder stark.

«Au ja, au ja, au ja, au ja, das ist gut!», ermutigte sie Zitterwurzel. «Stell dir vor, die Schatten bohren in der Nase! Oder stell dir vor, sie hauen gleich wieder ab! Vielleicht klappt das ja auch? Wenn du daran glaubst, müsste es doch klappen!»

Nur Olf war noch skeptisch. «Aber wenn zu der Botschaft noch ein dritter Teil gehört?»

«Stimmt, die Botschaft! Wenn die Schatten noch einmal auftauchen, dann gibt es bestimmt noch einen dritten Teil! Den krieg ich auch noch raus!»

Da war Lilli sich jetzt ganz sicher. Entschlossen

drehte sie sich zu den Schatten um und ging langsam auf sie zu.

Als es wieder ernst wurde, machte Zitterwurzel sich doch Sorgen. «Oje, oje, oje, oje! Und wenn das nun nicht klappt? O nee, o nee, o nee, o nee! Ich glaub, ich hab auch schon ’nen Schatten!»

Olf packte Zitterwurzel an der Hand. Vor Schreck durchzuckte es den Kobold am ganzen Körper, und Zitterwurzel hörte gar nicht mehr auf zu zittern.

«Keine Panik, Kumpel!», beruhigte ihn Olf. «Ich wollte doch nur deinen Finger haben.»

Vor lauter Angst vermutete Zitterwurzel hinter allem nur noch Grausiges. Krampfhaft hielt er die Hände vor seiner Brust fest und jaulte: «Nein!!!!!! Olf, nicht! Ninininicht in meinen Finger beißen!»

«Häh? Hast du Moos im Gehirn? Ich will deinen Zeigefinger. Für die Zeigefingerkette!»

«Nanananananana gut!» Hektisch streckte Zitterwurzel Olf einen Zeigefinger hin. Gemeinsam drückten sie Lilli die Daumen oder, besser gesagt, ihre Zeigefinger.

Lilli beobachtete die Schattengestalten. Die gesichtslosen Wesen mit den großen Vogelschnabel-Mäulern kamen jetzt immer näher auf Lilli zu. Bedrohlich streckten sie ihre Schnäbel nach Lilli aus und rissen sie weit auf. Jeder dieser Schnäbel endete in einem tiefdunklen Schlund.

Lilli wollte das alles schnell hinter sich bringen. Noch einmal nahm sie ihren ganzen Mut zusammen und rief den Schatten trotzig entgegen: «Wenn ihr eure Mäuler schon so weit aufreißt, dann könnt ihr mir auch die Botschaft sagen!»

Doch die Schatten mit den Vogelschnabel-Mäulern schwiegen … und schwiegen … und schwiegen. Lilli konnte nicht sagen, wie lange. Für sie dauerte es eine Ewigkeit. Gab es doch keine dritte Botschaft? Warum waren die unheimlichen Wesen denn gekommen? Was hatte das alles zu bedeuten? Lilli wurde immer unsicherer.

«Also, gibt es noch eine Botschaft oder nicht?» Lilli hielt die Luft an, um besser hören zu können.

Aber es kam nichts. Kein Laut. Noch nicht einmal ein Räuspern. Lilli war verzweifelt. Wie konnte sie die Schattenbiester zum Sprechen bringen? Verzweifelt befahl sie ihnen: «Na, los! Wird's bald! Ich zähle bis drei: eins … zwei … drei!»

Da! Auf einmal begannen die Schatten mit den Vogelschnabel-Mäulern zu flüstern, erst leise, dann immer lauter flüsterten sie:

«Male sie auf, male sie auf, male sie auf,

Und daraus entsteht, -steht, -steht,
was den Eingang dir verrät, verrät, verrät.
Male sie auf, und daraus entsteht,
was den Eingang dir verrät.»

Lilli konzentrierte sich. Sie wusste, sie musste sich alles gut merken. Schnell wiederholte sie den dritten Teil der Botschaft:

«Male sie auf, und daraus entsteht,
was den Eingang dir …»

Das letzte Wort konnte Lilli nicht aussprechen. Denn plötzlich schnappte eines der Mäuler nach ihr. Erschrocken blieb sie für einen kurzen Moment wie versteinert stehen. Weitere Schattenmäuler machten sich zum Angriff bereit, rissen die Schnäbel weit auf.

«Sie tun immer das, was ich mir vorstelle», redete Lilli sich ein.

Und sie stellte sich vor, wie die Mäuler starr wurden, sich nicht mehr bewegen konnten. Ganz fest stellte sie es sich vor, so lange, bis sie es in Gedanken deutlich sehen konnte.

Und wirklich – es klappte! Mit aufgerissenen Schnäbeln erstarrten die Mäuler und hörten auf zu schnappen.

Lilli wollte schon erleichtert aufatmen – als plötzlich giftgrüne Atemwolken aus den aufgerissenen Schnäbeln strömten und Lilli einhüllten.

«Lilli, schnell! Der Babababababannspruch!», rief Zitterwurzel aufgeregt.

Lilli war fast vollständig von den giftgrünen Atemwolken eingehüllt. Sie wollte nachdenken. Aber in ihrem Kopf war wieder diese Leere. Um Lilli herum war jetzt alles giftgrün. Sie hatte keine Zeit mehr. Ihr musste etwas einfallen, irgendein Spruch über das, was sie vertreiben wollte, ein Spruch über das, was ihr Angst machte. Das waren diesmal die Mäuler, die riesigen Schnäbel, die sie verschlingen wollten.

Und so schleuderte Lilli den Schatten die ersten Worte entgegen, die ihr gerade in den Sinn kamen:

«Mäuler klappen.
Schnäbel woll'n mich
schnappen.
Eins, zwei, drei,
Spuk vorbei!»

Lilli hoffte, dass es auch diesmal klappen würde.

Und tatsächlich, auch dieser Bannspruch wirkte! Lillis Spruch vertrieb den giftgrünen Atem. Die Wolken wurden zu vielen kleinen Wölkchen, die sich in bunte Schmetterlinge verwandelten. Fröhlich flatterten sie um die Schatten mit den Vogelschnabel-Mäulern herum. Die Schnabelwesen schauten den Schmetterlingen verdutzt hinterher. Vor lauter Staunen klapperten sie mit ihren Schnäbeln.

Das sah sehr lustig aus. Lilli fing an zu lachen. «Vor euch habe ich keine Angst mehr, ihr Klapperplapper-Schlappschatten!»

Die Schatten versuchten Lilli nachzusprechen:

«Klapper, klapper,
plapper, plapper,
schlapp, schlapp, schlapp.
Klappschlappen? Schattplappen?
Plappschatten? Schattschlappen?»

Da mussten auch die Schatten lachen. Zitterwurzel und Olf lachten begeistert mit.

Und aus dem Lachen heraus fingen die Schatten an, zu tanzen und zu singen:

«Lilli, we love you!
Lilli, we love you!
We love you
Yeah, yeah, yeah!»

Zitterwurzel und Olf sangen und tanzten begeistert mit:

«Lilli, we love you!
Lilli, we love you!

We love you
Yeah, yeah, yeah!»

Alle tanzten immer wilder und ausgeflippter.

Olf drehte sich wie ein Brummkreisel, und Zitterwurzel titschte auf und ab wie ein Hüpfball.

Auch die Schatten sahen jetzt gar nicht mehr bedrohlich aus, sondern nur noch lustig. Und die Schnabelwesen tanzten schneller und immer schneller, bis sie sich schließlich ganz und gar in Luft auflösten.

18. Kapitel

Lilli konnte es noch gar nicht fassen. Es war vorbei! Die Schattenwesen waren verschwunden. Sie hatte es geschafft!

Vor Freude sprang Lilli in die Luft und rief stolz ins Tal hinunter:

«Jiahh! Ich hab die Botschaft! Ich hab sie! Jiajiajiajiajiaaaahh!!!!»

«Jiajiajiajiajiaaaahh!!!!», riefen auch Olf und Zitterwurzel.

Der Kobold wirbelte mit seiner Zipfelmütze in der Luft herum, schneller, immer schneller – bis sich die Mütze so schnell drehte wie ein Sahnequirl.

Lilli fühlte sich in diesem Augenblick mutig und stark. Jetzt würde sie Macho bestimmt bald finden. Dann würde alles gut. Und Lilli träumte davon, ihren zotteligen Freund endlich wieder in die Arme zu schließen. Sie war so in Gedanken versunken, dass sie gar nicht hörte, wie Olf sie etwas fragte.

«Wie lautet die Botschaft denn jetzt im Ganzen?», wollte der Gnom wissen.

«Hm …», antwortete Lilli nur und dachte an Macho. Sie vermisste ihn so sehr.

Olf fragte noch einmal lauter. Fast schrie er Lilli dabei an: «Lilli! Die Botschaft!!! Wie lautet die Botschaft im Ganzen?»

Lilli schreckte aus ihren Gedanken hoch. «Die Botschaft …? Im Ganzen? Ja, also …»

Olf und Zitterwurzel schauten Lilli erwartungsvoll an, so, als wollten sie ihr mit Blicken jedes Wort einzeln aus der Nase ziehen.

Dann auf einmal, ehe Lilli antworten konnte, kam Zitterwurzel ihr zuvor. Stolz meldete er sich: «Au ja, au ja, au ja, au ja! Ich weiß es!»

Und freudig sagte der Kobold die Botschaft ganz schnell auf:

«Der Mond hat es und hat es doch nicht.

Deute die Zeichen, die du siehst in seinem Licht.

Male sie auf und … und … und …

Und jetzt weiß ich nicht mehr weiter … Oje, oje, oje, oje, oje!»

Zitterwurzel war sehr zerknirscht, und zwar so sehr, dass er am Bommel seiner Mütze kaute.

Olf schaute Lilli an. Wusste sie das Ende der Botschaft noch?

Lilli dachte angestrengt nach. Die Gedanken an Macho hatten sie ganz durcheinander gebracht. Das Ende der Botschaft wollte ihr einfach nicht einfallen. Lilli wurde nervös. Wenn das Rätsel nicht vollständig war, konnte sie es nicht lösen. Und dann wäre alles umsonst gewesen!

«Male sie auf, male sie auf, male sie auf …», sagte Lilli vor sich hin, so, als wolle sie damit die letzten Worte der Botschaft heraufbeschwören. Und plötzlich wusste sie, wie es weiterging: «Male sie auf, und daraus entsteht, was den Eingang dir verrät.»

Alle schwiegen nachdenklich.

Zitterwurzel blickte gespannt in die Runde. Ungeduldig begann er zu zappeln. «Ja, los! Wawawawawas ist mit euch? Wir wollen doch Macho befreien.

Auf zum Eingang! Los! Zack, zack, zack, zack, zack!!»

«Aber was für ein Eingang ist damit gemeint? Olf, weißt du das?», fragte Lilli.

«Das ist das Rätsel, das in der Botschaft liegt», stellte Olf bedächtig fest.

«Oje, oje, oje, oje!», jammerte Zitterwurzel. «Wie sollen wir das nur so schnell rauskriegen?»

Doch Lilli ließ sich nicht entmutigen. «Wir entschlüsseln die Botschaft. Dann wissen wir, wo Macho steckt.»

«Bobobobotschaft entschlüsseln? Kein Problem. Hier! Ich habe einen Schlüssel!» Stolz kramte Zitterwurzel einen alten Schlüssel aus seiner Tasche.

Olf verdrehte genervt die Augen. «Zitterwurzel! Entschlüsseln heißt, wir müssen rauskriegen, was die Botschaft bedeutet.»

«Auauauauf jeden Fall hat sie was mit dem Mond zu tun.»

«Stimmt», stellte auch Lilli fest.

«Der Mond hat es und hat es doch nicht.

Deute die Zeichen, die du siehst in seinem Licht ...»

«Äh ... Welche Zeichen?», fragte Zitterwurzel jetzt ganz und gar ratlos.

Und auch Olf starrte nur stumm vor sich hin.

Kumpelhaft boxte Lilli ihn gegen den Arm. «Hey, aufwachen!!! Olf, alter Weidengnom, weißt du's nicht? Du sprichst doch selbst gern in Rätseln.»

«Wenn ich's wüsste, würde ich euch doch nicht so lange raten lassen.»

Lilli wurde ungeduldig. «Das ist doch alles Quatsch! Ich hab noch nie Zeichen im Mond gesehen!», grummelte sie unwirsch. Und wütend trat sie gegen ihre Schlafdecke, die zum Bündel verschnürt neben ihr lag.

«Aber irgendwas muss es da geben ...» Gedankenverloren starrte Lilli auf die Decke mit dem Sonne-Mond-und-Sterne-Muster. Die Monde, die auf die Decke gedruckt waren, hatten alle Gesichter. Und eher beiläufig stellte sie fest: «Nee, da gibt's keine Zeichen ... im Mond. Da gibt's höchstens ein Gesicht. Ein Mondgesicht ...»

«Au ja! Dadadadas ist gut!», freute sich Zitterwurzel. «Das hab ich auch schon gesehen.»

«Und wie sieht das Gesicht aus?», erkundigte sich Olf.

«Hey, Olf? Hast du etwa noch nie ein Mondgesicht gesehen?» Lilli konnte es kaum glauben. «Warte mal ...» Sie schaute sich suchend um, brach ein Stöckchen von einem vertrockneten Haselnussstrauch ab und fing an, damit im Sand einer Mulde herumzumalen. «Hier … Olf, ein Mondgesicht ist ganz einfach …»

Und Lilli malte und sprach dabei:

«Punkt, Punkt, Komma, Strich,
fertig ist das Mondgesicht.»

Sie malte zwei Punkte in den Sand, ein Komma als Nase dazwischen und darunter den Strich. Den malte Lilli nach oben gebogen. Denn das Gesicht sollte einen lachenden Mund haben. Als sie mit dem Haselnussstöckchen die Linien des lachenden Mundes in den Staub zeichnete, wurde der Zipfel eines Stofffetzens sichtbar. Es war ein roter Stofffetzen …

Lilli zog daran – und zum Vorschein kam ein rotes Tuch. Ein rotes Tuch mit weißen Punkten.

«Das ist Machos Halstuch!» Lilli war ganz durcheinander. Regungslos starrte sie einfach nur auf das Tuch, kniete sich davor, breitete es auf dem Boden aus und streichelte behutsam über den Stoff. Dann nahm sie das Halstuch, drückte es an sich. Und wild entschlossen rief sie ins Tal: «Macho, wo immer du bist, ich hole dich!»

Gespannt schaute sie von einem Felsen zum anderen, als hoffte sie, dic Felsen könnten ihr erzählen, wo ihr Freund steckte. Auch Zitterwurzel lauschte angestrengt auf eine Antwort.

Nur Olf wurde langsam unruhig. Behutsam erinnerte er Lilli: «Äh, Lilli … und das Herz? Du musst Giacomo Fumos Herz auch noch finden!»

«Oje, oje, oje, oje! Bevor der Tag zu Ende geht. Sonst, sonst, sonst …» Daran wollte Zitterwurzel gar nicht denken. «O nee, o nee, o nee, o nee!»

«Wenn ich Macho finde, finde ich bestimmt auch das Herz.» Und Lilli nahm Machos Halstuch und band es sich als Stirnband um.

«Du musst es finden, Lilli!», drängte Olf. «Sonst sehen wir alle fratzig alt aus!»

Zitterwurzel nickte gedankenverloren und betrachtete dabei das Mondgesicht. «Und wie fratzig wir dann aussehen … Fratzig? Frafrafratze! Das Mondgesicht sieht aus wie eine Fratze!» Und plötzlich ging Zitterwurzel ein Licht auf. «Das ist es! Das ist die Botschaft! Die Fratze der Finsternis!!! Oje, oje, oje!»

Olf schaute den Erdkobold wie elektrisiert an.

Lilli spürte die Spannung. «Was ist mit dieser Fratze der Finsternis?»

Olf antwortete nicht sofort. Er biss sich auf die Lippen und holte tief Luft. Als er dann langsam zu sprechen begann, klang seine Stimme so, dass sie nichts Gutes ahnen ließ. «Die Fratze der Finsternis, Lilli, umgibt ein tiefdunkles Geheimnis.»

«Was meinst du, Olf, hat das auch was mit Macho zu tun?»

«Das könnte schon sein. Aber vor allem muss es etwas mit Giacomo Fumos Herz zu tun haben.»

«Das müssen wir ganz schnell rauskriegen!»

«Dann folgt mir! Ich kenne den Weg!»

Olf eilte voran in das Tal. Lilli lief hinter ihm her.

Zitterwurzel stand noch immer unter Schock. Mit weit aufgerissenen Augen starrte er auf die Mondgesicht-Zeichnung im Staub. «Oje, oje, oje, oje! Die Frafrafratze der Finsternis!!!» Zitterwurzel nahm den Stock und malte der Staubfratze schnell eine Zunge. Dann streckte er der Fratze die Zunge raus, warf sich das Deckenbündel über und dackelte den anderen hinterher.

Gemeinsam machten sich Lilli, Olf und Zitterwurzel auf den Weg durch das Tal der Schatten.

Es war ein langer und steiniger Weg. Nach jeder Biegung des Tals hoffte Lilli, dass Olf endlich sagen würde: «Wir sind da!» Doch der Weg führte immer noch weiter.

«Macho, halt durch!», dachte Lilli jedes Mal, wenn sie auf eine neue Biegung zuliefen. Und Lilli dachte es oft, bis das Ende des Tals in Sicht war.

19. Kapitel

Dicht an dicht standen zerklüftete Felsen.

Der Weg führte nicht mehr weiter. Die Zeit schien stillzustehen.

Da lag sie vor ihnen – die Schwarze Schlucht!

Aber Lilli konnte keinen Eingang entdecken.

Olf jedoch kannte sich aus. Er wusste, dass der Spalt, der ins Innere der Schlucht führte, hinter einem Haselnussstrauch versteckt war. Und an der Felswand gab es nur einen Haselnussstrauch. Olf bog ihn zur Seite – und wirklich! Dahinter kam der Spalt zum Vorschein. Lilli, Olf und Zitterwurzel zwängten sich einer nach dem anderen durch den engen Felsenschlund.

Ein merkwürdig beklemmendes Gefühl beschlich Lilli, als sie auf der anderen Seite heraustrat. Sie schaute sich um.

Bedrohlich und dunkel rahmten die zerklüfteten Felswände den Platz im Innern der Schlucht ein. Kein Lüftchen regte sich. Eine unheimliche Spannung lag über der Schlucht, wie ein düsteres Geheimnis.

Mit kritischem Blick untersuchte Olf die Felswände, prüfte die Linien und Formen, die sich in den

Steinen abzeichneten. An einer Stelle, an der zwei Kreise über einer geraden Linie zu sehen waren, tastete er die Oberfläche genauer ab und rief den anderen zu: «Hier müsste es sein! Ich bin mir nicht ganz sicher. Aber keine Bange, ich kriege das raus!»

Lilli blickte nach oben. Besorgt beobachtete sie, wie der Himmel sich von der untergehenden Sonne bereits rot färbte. Bald war der Tag vorbei. Dann war Macho verloren. Und nicht nur Macho – dann konnten sie alle einpacken. Deswegen mussten sie diese Fratze jetzt ganz schnell finden. Sonst sah es verdammt schlecht aus. Lilli seufzte, behielt ihre Gedanken aber für sich, weil sie die anderen nicht beunruhigen wollte.

Doch auch Zitterwurzel hatte die untergehende Sonne bemerkt, und er sprach aus, was Lilli dachte: «Oje, oje, oje, oje! Schaut mal! Bababababald wird es dunkel. Dann ist der Tag vorbei. Dann sind wir alle verloren! Wir müssen uns beeilen! O nee, o nee, o nee, o nee! Wie sollen wir das nur alles schaffen?»

Zitterwurzel steckte noch in der Felsspalte und traute sich kaum, den gruseligen Platz zu betreten. Krampfhaft hielt sich der Kobold mit beiden Händen rechts und links an den Steinwänden fest, nur seinen Kopf steckte er aus dem dunklen Felsenschlund heraus.

«Oje, oje, oje, oje! Und die Fratze ist auch nicht da! Oder könnt ihr sie sehen?»

Olf schüttelte ratlos den Kopf. «Eigentlich dachte ich, dass sie hier ist ...»

Lilli wurde langsam unruhig. «Hey, du Fratze, zeig dich!», brüllte sie die Felswand an.

Da fiel ihr das Rätsel der Schatten ein. «Moment mal, vielleicht hilft uns das Mondgesicht ja auch hier weiter», überlegte sie laut.

Und sie malte mit dem Finger ein Punkt-Punkt-Komma-Strich-Gesicht auf einen Felsen. Dabei rief sie ungeduldig:

«Punkt, Punkt, Komma, Strich,
zeig dich, du altes Mondgesicht!»

Plötzlich krachte es ohrenbetäubend laut. Lilli duckte sich. Sie dachte, alle Felsspitzen würden abbrechen und auf sie herunterstürzen. Doch das Getöse kam aus der Felswand vor ihr. Knarzend verschoben sich einzelne Steinschichten. Lilli, Olf und Zitterwurzel starrten mit angehaltenem Atem auf die Wand.

Die Linien und Formen in den Felsen bewegten sich weiter, bis eine Fratze mit einem riesigen Maul sichtbar wurde. Ihr finsterer Blick zielte genau auf Lilli.

«Das ist sie!», erklärte Olf geschockt. «Das ist die Fratze der Finsternis!»

Lilli hatte noch nie so ein grässliches Riesengesicht gesehen. Die Augen waren größer als Regenschirme und blickten so böse auf Lilli herunter, dass sie sofort eine Gänsehaut bekam. Allein ein Nasenloch dieser grauenvollen Maske war so groß wie ein Fußball, und ihr Maul war größer als das eines Walfischs. Lilli stand wie elektrisiert vor ihr und traute sich nicht, sich von der Stelle zu bewegen.

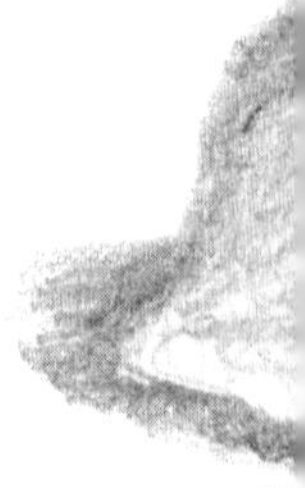

Auf einmal öffnete sich das Fratzenmaul, und mit einer unheimlichen, vollklingenden Stimme begann das steinerne Gesicht langsam zu sprechen.

«Was du suchst, das ist in mir,
Für immer bleibt er hier.
Verborgen in der Gruft des Vergessens,
Verborgen vor jedes Menschen Auge.
Für immer entrissen dem Erdenrund,
Für immer mein … dein Macho-Hund!»

Lilli spürte, wie ihr Herz klopfte.

«Macho», die Fratze hatte von «Macho» gesprochen. Dann war er also wirklich hier. Aber «für immer entrissen dem Erdenrund». Das hieß, er war irgendwo in dem Berg drin! Hoffentlich lebte er überhaupt noch! Hoffentlich war er nicht schon längst vor Angst gestorben!

«Macho!!!», rief Lilli verzweifelt, so laut sie konnte. «Macho! Macho!!! Ich hole dich da raus!»

Die Fratze der Finsternis lachte dumpf: «Hohohohoho! Wie willst du das denn machen?»

«Ich schaff das schon. Und wenn ich dafür durch dein ekelhaftes Maul kriechen muss!»

«Hoho! Da müsste ich mein Maul aber schon sehr weit aufreißen!»

«Na und!», erwiderte Lilli trotzig. Sie wusste zwar noch nicht wie, aber irgendwie würde sie die Fratze schon dazu bringen.

«Lililililili? Willst du wirklich in diesen grässlichen Schlund kriechen?», erkundigte sich Zitterwurzel.

Lilli nickte mutig.

«Oje, oje, oje, oje, oje!», sorgte sich Zitterwurzel.

«Sie muss es tun», erklärte Olf. «Es ist Lillis zweite Aufgabe.»

«Aber wie bringe ich dieses Fratzenvieh dazu, dass es sein Maul weit genug aufreißt?»

Zitterwurzel zog Lilli am Arm und deutete auf eine tiefschwarze Rabenfeder, die in der Nähe der Fratze lag. Der Erdkobold hob sie auf, schaute sie sich genau an. «Iiiich hab eine Idee!», flüsterte er aufgeregt. Verschwörerisch zeigte er Lilli die Feder. Dann kitzelte sich der Kobold damit unter der Nase, riss den Mund sehr weit auf und machte: «Hahahahatschiiii!!!»

«Cool!» Lilli war begeistert. «Du meinst, wenn wir das bei der Fratze machen, öffnet sie ihr Maul so weit, dass ich durchkriechen kann?»

Zitterwurzel nickte.

«Okay, Zitterwurzel, dann kitzelst du die Fratze. Und wenn sie ihr Maul aufreißt, steig ich hinein.»

«Was sagst du da, Lilli? Iiiiich soll dddddie Frfrfrfratze kitzeln???»

Zitterwurzel erschreckte sich zu Tode. Er schüttelte so heftig den Kopf, dass seine Zipfelmütze wild hin und her schlenkerte.

«O nee, o nee, o nee, o nee, o nee!»

Lilli nahm Zitterwurzel die Feder ab und fragte Olf: «Olf, machst du es?»

Aber auch der Gnom zog bedauernd die Schultern bis zu den Ohren hoch. Er schämte sich ein bisschen, als er Lilli gestand: «Äh … also ganz ehrlich, Lilli. Im Augenblick möchte ich nur eins … mich so schnell wie möglich in meiner Weide verstecken.»

«Das hilft mir nicht wirklich weiter.» Lilli gab sich einen Ruck. «Dann mache ich es eben selbst!» Mutig ging sie auf das Maul der Fratze zu.

Zitterwurzel konnte gar nicht hinschauen. Vor Angst bibbernd, zog er seine Zipfelmütze tief ins Gesicht. «Oje, oje, oje, oje! Und wenn uns das Felsenmonster alle verschlingt?»

Auch Olf schaffte es nicht, hinzusehen. Mit zusammengekniffenen Augen tasteten die beiden nach ihren Zeigefingern und bildeten eine Zeigefingerkette.

Jetzt kitzelte Lilli die Fratze direkt unter ihren Nasenlöchern.

Das Felsengesicht zuckte und setzte an zu niesen. «Haa … haa … haa …» Die Fratze riss ihr Maul auf. Lilli kitzelte weiter mit der Feder.

Das steinerne Monster musste immer mehr niesen. «Haa … haa … haa … haa … haa …» Das Maul öffnete sich weiter, immer weiter, so weit, dass Lilli hindurchpasste. Todesmutig kletterte sie hinein in das dunkle Riesenmaul – und verschwand darin.

«Haa … haa … haa … haaaaaatschi!!!!», nieste die Fratze.

Der riesige Schlund klappte wieder zu.

Um Lilli herum wurde es dunkel. Sie war jetzt hinter der Fratze, in der Gruft des Vergessens. Nur durch zwei Löcher in der Mitte der Wand fiel ein wenig Licht in diesen düsteren Höhlenraum. Das waren die Nasenlöcher der Fratze.

Lilli tastete sich auf allen vieren voran, weil sie kaum etwas sehen konnte. Der Boden war feucht, und es roch modrig. Lilli spürte die dumpfe Dunkelheit wie einen Dämon, der ihr im Nacken saß und ihr die Luft zum Atmen nahm. Nur langsam gewöhnte sie sich an das schummrige Licht.

Da hörte Lilli ein Fiepen. Obwohl es nur leise war, ging es ihr durch Mark und Bein. So fiepte nur einer: Macho!

Blitzschnell rappelte Lilli sich auf und suchte fieberhaft die Höhle nach ihm ab. «Macho? Macho?? Macho???»

Wieder fiepte es, diesmal noch leiser. Lilli ging dem Geräusch nach. Sie traute sich kaum zu atmen.

Da sah Lilli auf einmal in der hintersten Ecke etwas

durchschimmernd Weißes. Sie ging darauf zu und erkannte in dem kleinen Schattenwesen ihren Macho. Zusammengekauert lag er an die Felswand geduckt. Machos Augen blickten Lilli Hilfe suchend an. Er versuchte, einen Laut von sich zu geben. Aber alles, was er zustande brachte, war ein kaum hörbares Fiepen.

Lilli setzte sich zu ihrem kleinen Freund, nahm ihn vorsichtig auf den Arm und streichelte ihn. Ihre Augen füllten sich mit Tränen. Sie schluchzte verzweifelt: «Macho, ich hab dich doch so lieb!» Dann gab sie ihm einen Kuss auf die Schnauze.

Und mit einem Mal spürte Lilli, wie die zarte, zerbrechlich wirkende Schattenhülle sich wieder mit Leben füllte. Macho wurde wieder zu Macho – zu dem zotteligen weißen Wuschelhund. Und kaum war er wieder der Alte, zappelte er auch schon ungeduldig in Lillis Armen, entwischte ihr und sprang auf den Boden.

Lilli konnte es noch gar nicht fassen. Sie sprang ebenfalls auf, während Macho an ihr hochhüpfte und so übermütig bellte, als wollte er sagen: «Hey, hey, Lilli! Hier bin ich wieder! Dein Macho! Jetzt bleiben wir immer zusammen!»

Überglücklich rief Lilli ihren Freunden draußen zu: «Ich hab ihn! Ich hab Macho gefunden! Es geht ihm wieder gut!»

Und Macho bellte fröhlich, als wollte er das bestätigen.

Lilli nahm sich ihr Stirnband ab. Ausgelassen schwenkte sie Machos rotes Glücks-Halstuch mit den weißen Punkten in der Luft herum. Dann band sie es Macho um den Hals.

Lillis Freunde freuten sich mit ihr. Vor der Gruft des Vergessens bejubelten sie Machos glückliche Rettung.

Zitterwurzel riss die Hände hoch. Er rannte umher wie ein Fußballer, der das entscheidende Tor geschossen hat. «Jjjjjah! Sie hat ihn! Lilli hat Mamamamamacho wieder! Es geht ihm gugugugugut!!!!!! Jipppiiih!»

Er und Olf klatschten sich gegenseitig ab und beide riefen: «Lilli hat's geschafft!»

«Lilli hat's erst dann geschafft, wenn sie Giacomos Herz findet», hörten sie da Schiroccina sagen.

Verdutzt schauten Olf und Zitterwurzel sich um. Hinter ihnen stand die Windhexe, umgeben von vielen blinkenden Elfensternchen, die sich in diesem Augenblick in Kiko verwandelten.

«Habt ihr das Herz vergessen?», erkundigte sich Kiko.

«Stimmt! Das Herz!», fiel es jetzt auch Olf wieder

ein. «Wenn Lilli das nicht findet, sind wir alle verloren!»

«Oje, oje, oje, oje! Das Herz!» Zitterwurzels Freude war mit einem Mal verschwunden. Er zitterte nur noch. Das drohende Unheil machte ihm Angst. Aber wenigstens war Schiroccina wieder da!

20. Kapitel

Lilli wusste nicht, dass die Windhexe zurück war. Sie wollte nur eines: mit Macho zusammen so schnell wie möglich aus der Gruft des Vergessens verschwinden, weg von diesem unheimlichen Ort. An der Innenseite der Fratze kletterte sie von einem Felsvorsprung zum anderen, zu der Stelle, an der sich das riesige Maul befand. Es war fest verschlossen. Lilli untersuchte das Gestein. Macho beobachtete vom Boden aus jede ihrer Bewegungen.

«Gleich sind Macho und ich wieder bei euch!», rief Lilli den anderen draußen zu. «Das Maul ist nur total zu. Ich muss es irgendwie nochmal aufkriegen!»

Auf der anderen Seite stand Zitterwurzel jetzt ganz nah am Felsengesicht und klopfte dagegen. Er versuchte, seine eigene Angst zu verbergen, und wollte seiner Freundin Mut machen: «Lilli! Dadadadadas wird schon! Schiroccina ist hier, Lilli! Die kann dir und Macho bestimmt helfen.» Er nickte der Windhexe hoffnungsvoll zu.

Doch Schiroccinas Blick blieb ernst.

«Schiroccina ist bei euch?!», erkundigte sich Lilli erleichtert. «Dann wird alles gut. Du kannst mich rauslassen, Schiroccina!»

Zitterwurzel, Kiko und Olf schauten Schiroccina erwartungsvoll an. Aber Schiroccinas Blick war voller Sorgen: Es war überhaupt nichts gut. Langsam ging die Windhexe auf die Fratze zu. Zitterwurzel, Kiko und Olf verfolgten gespannt jeden ihrer Schritte.

«Na los, Schiroccina, mach schon!», feuerte Lilli sie aus der Höhle heraus an.

«Lilli, das kann ich nicht. Es tut mir so leid, aber es geht wirklich nicht.»

«Warum denn nicht?»

Schiroccina seufzte tief und gestand ein: «Wen die Fratze der Finsternis einmal verschlungen hat, den gibt sie nicht mehr her. Nur Giacomo Fumo weiß, wie dieser Zauber zu brechen ist. Und Giacomo wird dich nicht rauslassen. Nicht bevor du deine dritte Aufgabe gelöst hast!»

Eine Windböe fegte durch die Schlucht. Und als wäre er gerufen worden, tauchte in genau diesem

Moment Giacomo Fumo mit turbulentem Getöse auf.

«Genau so ist es!», drohte er und wiederholte Schiroccinas Worte: «Ich werde Lilli erst dann rauslassen, wenn sie ihre dritte Aufgabe gelöst hat. Und die dritte Aufgabe ist die entscheidende. Es geht dabei um mein Herz.» Er sagte das so bestimmt, dass jedem ein eiskalter Schauder über den Rücken lief.

«Sein Herz! Oje, oje, oje, oje!», seufzte Zitterwurzel.

«Jawohl. Mein Herz. Ich will mein Herz wiederhaben! Wenn nicht, dann werde ich ungemütlich!» Und mit voller Wucht pustete der Wind gegen eine der Felswände. Laut krachend lösten sich Steinbrocken und polterten zu Boden.

Der ganze Boden zitterte …

Auch der Höhlenboden schwankte. Ein gewaltiges Krachen und Knacken erfüllte den düsteren Raum.

Lilli flüchtete mit Macho in eine Ecke und duckte sich ganz fest gegen die Wand.

Plötzlich tat sich vor ihnen ein gewaltiger Spalt im Boden auf.

Macho winselte. Lilli traute sich nicht, sich zu bewegen.

Draußen war der Spuk inzwischen vorbei. Schiroccina, Zitterwurzel, Kiko und Olf erholten sich langsam von dem Schock.

«Lilli, ist alles in Ordnung mit euch?», wollte Schiroccina wissen.

«Äh ... na ja, geht so, aber wir sind okay!», rief Lilli. Auch Macho bellte sehr lebendig. Dann starrte Lilli wieder auf den Spalt im Boden. Irgendwie hatte sie das Gefühl, dass er etwas zu bedeuten hatte. Aber was?

Schiroccina war erleichtert, dass Lilli und Macho nichts passiert war. Trotzdem brodelte in ihr die Wut. Aufgebracht ging sie auf Giacomo Fumo los, packte und schüttelte ihn: «Komm endlich zur Vernunft, Fumo! Und mach nicht so einen Wind! Sonst stürzt die ganze Höhle zusammen, und du siehst dein Herz nie wieder!»

Mit einem Ruck stieß Giacomo Fumo die Hand der Windhexe weg und brüllte: «Fass mich nicht an! Und damit das klar ist ... Ich mache noch viel mehr Wind! Das war erst der Anfang! Wenn ich mein Herz nicht bekomme, puste ich erst die sieben Abendberge weg und dann alles andere! Euch auch!»

«Du bist doch vollkommen übergeschnappt!»

Giacomo Fumo grinste nur: «Nicht übergeschnappt. Herzlos! Ganz und gar herzlos!»

Schiroccina wusste nicht, was sie noch machen konnte, sie drehte sich um und ging ratlos zu den anderen. «Tja, jetzt weiß ich auch nicht mehr weiter …»

«Oje! Ich seh meine Weide bestimmt nie wieder!», jammerte Olf. Und aus lauter Kummer zog er die Furchen seines Gesichtes ganz tief nach unten.

«Aaaaaaber vielleicht schafft Lilli es ja?! Das Ooooorakel, also Clothilde, die tausendjährige Kröte, die, die, die, die hat es doch geweissagt!»

«Bisher dachte ich das auch …» Besorgt starrte Schiroccina die Fratze der Finsternis an. Sie betrachtete die Fratze ganz genau, Millimeter für Millimeter.

Und plötzlich entdeckte sie Lilli. Aus dem linken Nasenloch des steinernen Gesichtes winkte sie der Windhexe zu. Schiroccina winkte zurück und bemühte sich, aufmunternd zu lächeln.

Kiko beobachtete den Himmel. Die Sonne war inzwischen untergegangen.

«Gleich geht der Mond auf», stellte sie nervös fest.

Auch Giacomo Fumo schaute in den Himmel.

«Ganz richtig. Gleich geht der Mond auf! Dann ist der Tag zu Ende, der einzige Tag nach siebentausend Jahren, an dem ich mein Herz wiederbekommen kann! Und wenn Lilli es mir bis zum Anfang der Nacht nicht beschafft hat – ich schwöre euch –, dann hat euer letztes Stündchen geschlagen!»

Der Tag neigte sich langsam dem Ende zu. Schon setzte Dämmerung ein. An einer Seite war als rötlicher Schimmer bereits das Licht des aufgehenden Mondes zu sehen …

21. Kapitel

Nachdenklich kletterte Lilli vom Nasenloch der Fratze herunter. Freudig sprang Macho an ihr hoch, wedelte mit dem Schwanz, wollte mit ihr spielen. Aber Lilli hatte anderes im Sinn. Voller Sorge kraulte sie Macho hinter den Ohren. «Ach, Macho, das mit dem Herzen, das schaff ich doch nie!»

Da tauchte plötzlich Clothilde, die tausendjährige Kröte, aus dem Dunkel der Höhle auf. Behäbig langsam kroch sie auf Lilli zu. Respektvoll bellte Macho die Kröte an, während Lilli sie skeptisch musterte.

Da begann Clothilde mit gequetscht klingender, dunkler Stimme zu sprechen: «Aber Lilli, wer wird denn so kurz vor dem Ziel aufgeben! Glaub mir, du kannst es schaffen, du kleine Kröte!»

«Aber wo soll ich das Herz denn hier finden? Schiroccina hat gesagt, der Eisriese hat es an einen Ort gebracht, an den keiner hinkommt.»

«Dieser Ort ist hier. Und du hast es geschafft, hierher zu kommen, Lilli.»

«Aber wo hat der Eisriese das Herz denn jetzt versteckt?»

«Nicht selbst hat er es versteckt. Dem Fluss hat er es übergeben.»

«Welchem Fluss?»

Clothildes goldene Krötenaugen leuchteten geheimnisvoll. «Dem Fluss in der Tiefe. Er kommt aus der Eiswüste.» Mit diesen Worten verschwand Clothilde, die tausendjährige Kröte.

«Hey, Clothilde! Warte!»

Lilli versuchte sie aufzuhalten. Aber im Dunkel der Höhle war schon nichts mehr von ihr zu sehen.

«Die hat leicht unken, Macho», stellte Lilli resigniert fest. «Sie muss das Herz ja nicht wieder beschaffen!»

Lilli war sich zwar nicht sicher, was die Worte der Kröte zu bedeuten hatten, aber der tiefste Ort in dieser Höhle war der Spalt, der sich vor ihren Augen aufgetan hatte. Also ging sie ganz nah an den Rand des Spalts, legte sich auf den Bauch und schaute hinunter. Macho tat es ihr nach.

Da kam im flachen Flusswasser ein Eisbrocken angeschwommen. Macho bellte den Brocken an, der direkt unter ihnen aufs Kiesbett gespült wurde. Im Innern des Brockens schimmerte etwas dunkelrot.

Lilli wurde aufgeregt. «Vielleicht ist das Herz da unten? Macho, wir müssen da runter!», schlug sie vor.

Aber das war Macho nicht geheuer. Winselnd zog er sich zurück.

Lilli schaute weiterhin in den Spalt. Ihr Herz pochte bis zum Hals. Trotzdem nahm sie all ihren Mut zusammen und kletterte hinunter.

Langsam pirschte sich Macho wieder an den Rand des Spalts heran und beobachtete Lilli.

Lilli war jetzt unten angekommen. Sie ging zum Eisklumpen, hob ihn hoch und schaute ihn sich genauer an. «Macho, Clothilde hat Recht, der fühlt sich an, als ob er direkt aus der Eiswüste kommt. Und das Rote da drinnen …» Lilli betrachtete den Klumpen genauer und sah eingeschlossen im Eis etwas tiefrot leuchten. Giacomo Fumos Herz.

«Macho, das ist es!», rief Lilli aufgeregt ihrem zotteligen Freund zu.

Macho bellte begeistert.

So schnell sie konnte, wollte Lilli wieder hochklettern. Die ersten paar Felsenstufen klappten gut. Aber plötzlich merkte Lilli, dass die letzte Stufe zu hoch für sie war. Damit sie die Hände frei hatte, warf sie den Eisklumpen nach oben. Fast verfehlte er die Kante – aber im letzten Moment schnappte Macho zu und brachte ihn in Sicherheit. Dann lief er wieder zum Rand.

Lilli streckte Macho ihre Arme entgegen. Ein kleines Stück fehlte. Verdammt! Doch zum Glück hatte sie eine Idee: das Halstuch! Lilli erinnerte sich daran, wie Schiroccina Lavendelsamen über das Tuch gestreut hatte, damit es magische Kräfte bekam.

Und wie aus weiter Ferne hörte sie Schiroccina sagen: «Aber du darfst es erst dann benutzen, wenn es wirklich keinen anderen Ausweg mehr gibt!»

«Also jetzt!», dachte Lilli und rief Macho zu: «Das Halstuch! Vielleicht kannst du mich damit hochziehen?»

Macho stutzte kurz.

«Das Halstuch! Unser Glücks-Halstuch!», rief Lilli noch einmal.

Da streifte Macho sich mit einer Pfote das Halstuch ab.

«Ja, gut. Und jetzt pack es, zeig es mir!»

Macho nahm das Halstuch zwischen die Zähne und hielt es Lilli als Schlaufe hin. Es passte auf den Millimeter genau. Lilli konnte es so gerade mit ihrer rechten Hand fassen. Sie feuerte ihn an: «Ja, Macho! Und jetzt ziehen! Ja, du schaffst es! Noch ein bisschen mehr. So ist es gut!»

Macho stemmte seine Füße gegen den Boden. Wild entschlossen, Lilli zu retten, entwickelte er ungeahnte Kräfte und zog seine Freundin Stück für Stück nach oben.

Jetzt konnte Lilli mit ihrer anderen Hand die Kante erreichen und schaffte es, sich mit eigener Kraft ganz auf den Boden zu ziehen.

Freudig wieselte Macho um seine Freundin herum. Und in seiner grenzenlosen Begeisterung leckte er Lilli quer über das Gesicht.

Erleichtert knuddelte Lilli ihren Macho ganz fest. «Puh, Macho! Du bist ein Held!»

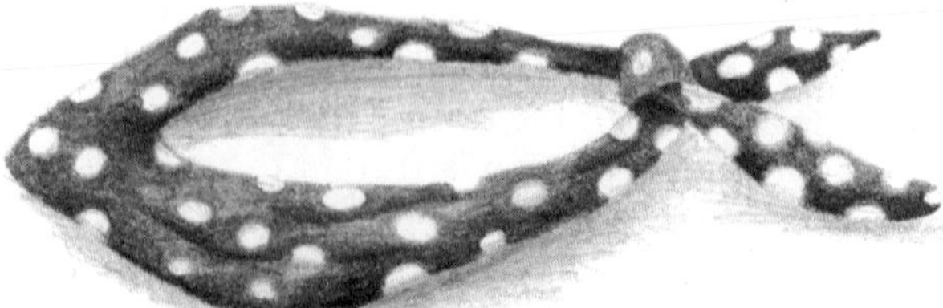

Dann rappelte sie sich hoch, nahm den Eisbrocken in die Hand und rief so laut sie konnte nach draußen: «Giacomo Fumo! Fumissimo! Ich hab dein Herz gefunden!»

Es dauerte einen Augenblick, bis Zitterwurzel, Olf, Kiko und Schiroccina begriffen, was sie da gehört hatten. Verdutzt schauten sie sich an.

«Lilililililli hat Giacomo Fumos Herz wirklich gefunden!», stammelte Zitterwurzel fassungslos.

Alle Augen wanderten zu Giacomo Fumo.

Mit skeptischem, düsterem Blick ging er auf die Fratze zu. Hier hielt er inne.

«Was ist, Giacomo? Dann öffne die Fratze doch endlich!», drängte Schiroccina.

«Und wenn das nur ein Trick ist? Wer sagt mir denn, dass es wirklich stimmt? Vielleicht behauptet Lilli das nur, damit ich sie rauslasse.»

«Fumo, jetzt reicht's aber!», ärgerte sich die Windhexe. «Du hast versprochen, dass du hilfst, wenn du dein Herz bekommst. Also, worauf wartest du noch?»

Giacomo ging von einem zum anderen und begutachtete jeden Einzelnen misstrauisch. Erst Zitterwurzel, dann Olf, dann Kiko und zuletzt Schiroccina. «Wisst ihr, dieses Geschäft hat einen Haken. Es basiert auf Vertrauen. Und Vertrauen kenne ich nicht. Ich traue keinem! Außerdem hat Lilli hat schon einmal versucht, mich auszutricksen!»

Zitterwurzel pirschte sich an Schiroccina heran und flüsterte ihr flehend zu: «Schschschschiroccina, Meisterin, Sie müssen ihn überreden!»

«Zitterwurzel, hier ist meine Kraft zu Ende. Ohne Herz kann Giacomo Fumo nicht vertrauen.»

Wütend stampfte Kiko auf den Boden. «Das darf doch nicht wahr sein! Das ist ja eine doppelt und dreifach verzwickte Zwickmühle. Wie soll der Typ denn sein Herz jemals wiederbekommen?»

Auf die Frage konnte Schiroccina nur ratlos mit den Schultern zucken. «Tja, Kiko, wenn Lilli es nicht schafft, mit eigener Kraft aus der Fratze zu kommen ... ich fürchte, dann ist sie verloren.»

«Dann ist nicht nur Lilli verloren. Dann sind wir alle verloren!!!», schimpfte Olf.

Und Zitterwurzel hörte gar nicht mehr auf zu jammern. «Oje, oje, oje, oje! Oje, oje, oje, oje! Oje, oje, oje, oje!»

Aber Lilli dachte nicht daran, so schnell aufzugeben. Sie legte den Eisklumpen auf Machos Halstuch, schnürte es als Bündel und redete sich und ihrem zotteligen Freund gut zu: «Macho, keine Angst, wir schaffen das schon. Wir kommen hier raus!»

Macho fiepte zweifelnd. Um ihn zu trösten, streichelte Lilli ihn sanft. «Fragt sich nur, *wie* wir hier rauskommen.»

Mit ihren Blicken tastete Lilli die Fratze ab, streichelte dabei Macho weiter und machte sich selbst Mut: «Na, klar kommen wir da raus! Ich hab schon so viel geschafft, dann schaffe ich das auch!»

Sie nahm Machos Kopf in beide Hände und redete beschwörend auf ihn ein: «Wir kommen da raus! Klaro! Klaro! Klaro paro ratamaro!»

Als sie ihren Mutmach-Spruch sagte, hellte ihr Gesicht sich auf. «Macho, das ist es! Zitterwurzel sagt, es ist ein Zauberspruch … vielleicht wirkt er hier?»

Und Lilli drehte sich zur Fratze und rief ihr zu: «Also, du blöde Fratze, ich kenne einen Zauberspruch. Der öffnet dein Maul!»

Die Fratze brummte knarzend: «Ach ja? Du kennst einen Zauberspruch? Bin ich ja mal gespannt. Du schaffst das doch nie!»

«Doch, ich schaff das!»

«Nie und nimmer!»

«Aber klar! Klaro! Klaro paro ratamaro!»

«Häh?», stutzte die Fratze. «Klaro paro ratamaro? Was heißt das?»

«Das ist der Zauberspruch!»

«Das soll ein Zauberspruch sein? Hahaha!», lachte

die Fratze. Und sie lachte und lachte und hörte gar nicht mehr auf – bis ihr Maul sperrangelweit offen stehen blieb.

Macho sah es und sprang als Erster freudig durch das Riesenmaul der Fratze nach draußen. Lilli kletterte mit dem Halstuchbündel hinterher.

22. Kapitel

Zitterwurzel, Kiko, Olf und Schiroccina jubelten Lilli und Macho begeistert zu. Macho fegte übermütig von einem zum anderen und wuselte ausgelassen in der Runde herum. Nur Giacomo Fumo bellte er kurz an.

Schiroccina umarmte Lilli erleichtert. «Bravo, Lilli! Ich wusste doch, du schaffst es!»

Kiko klatschte sie beeindruckt ab. «Hey, ich glaub, von dir könnt ich glatt den Durch-die-Wand-geh-Trick lernen!»

Zitterwurzel war vor Freude ganz aus dem Häuschen. «Ich wusste es, Lililililillli! Es ist ein Zauberspruch!», juchzte er, hüpfte mit Macho um Lilli herum und sang verzückt: «Lilli, Lilli, Lilli! Lilalula Lilli! Titatapfere Lilli!»

Olf schnappte sich Lilli, hob sie hoch und gratulierte: «Respekt! Wie du die Fratze überlistet hast, das war einfach …» Er suchte nach dem richtigen Wort.

«Cool?», schlug Lilli vor.

«Genau, cool war das. Ganz und gar cool!» Olf setzte Lilli wieder auf den Boden. «Das Steinmonster hat ja jetzt noch Maulsperre.»

Und wirklich – das Riesenmaul stand immer noch sperrangelweit offen. Da! Knarzend und mit einem ohrenbetäubenden Gähngeräusch klappte die Fratze ihr riesiges Maul wieder zu.

Nur einer konnte immer noch nicht glauben, was da gerade passiert war: Giacomo Fumo. Siebentausend Jahre und einen Tag hatte er darauf gewartet. «So, Lilli, und wo ist jetzt mein Herz?»

«Dein Herz ist hier drin», sagte Lilli und präsentierte ihm das Halstuchbündel.

«Da drin?» Giacomo Fumo stierte das Bündel ungläubig an.

Vorsichtig schlug Lilli die Enden des Tuches zur Seite, sodass der Eisbrocken zum Vorschein kam. Er war weiter geschmolzen. Von außen schimmerte er weißbläulich. Und in seinem Innern leuchtete tiefrot Giacomo Fumos Herz.

Giacomo Fumo staunte, er traute sich kaum, sich zu bewegen.

Lilli nahm den Eisklumpen in die Hand. Seine Hülle aus Eis schmolz weiter, bis das rote Herz übrig blieb.

Zitternd streckte Giacomo Fumo seine Hände aus.

Lilli legte das Herz in seine Hände.

Es begann zu leuchten.

Rotes Licht breitete sich aus und wurde zu einem Strom von Energie. Der Energiestrom bildete einen Kreis, drehte sich, schneller, immer schneller, wurde zu einer Spirale aus rot leuchtender Energie – und wie ein herumwirbelnder Blitz fuhr diese Energie in Giacomo Fumos Brust.

Giacomo Fumo wurde von Leben erfüllt.

Seine Haut nahm eine gesunde Hautfarbe an, sein grau-weißer Mantel färbte sich bunt. Seine Augen strahlten wieder. Jetzt wirkte der Wind nicht mehr düster und bedrohlich, sondern fröhlich und lebendig.

Wohlig schüttelte sich Giacomo Fumo. «Hah! Was für ein gutes Gefühl!»

Glücklich reichte er Lilli die Hand. «Danke, Lilli! Ohne dich ...» Er war so gerührt, dass er den Satz nicht zu Ende sprechen konnte. «Na ja, du weißt schon ...»

«Ist schon okay, Fumissimo. Aber ohne Macho hätte ich das nie geschafft.»

Lilli kraulte ihren zotteligen Freund hinter den Ohren. Und auch Macho bellte den Wind versöhnlich an. Dann legte er den Kopf schief und schaute Lilli mit seinem treuesten Hundeblick an.

Giacomo Fumo streckte auch Macho seine Hand zur Versöhnung hin.

Macho gab ihm seine Pfote. Giacomo Fumo schlug ein – und alles sah danach aus, als ob sich hier zwei Freunde fürs Leben gefunden hätten.

Giacomo Fumo war von alldem so gerührt, dass ihm eine dicke Träne die Wange herunterkullerte. Er nahm sie mit dem Finger auf und betrachtete sie beeindruckt. Wie eine Trophäe zeigte er die Träne in der Runde herum. «Es funktioniert! Ich spüre wieder was! Schau dir das an, das ist eine echte Träne, Schiroccina!»

Schiroccina lächelte ihn an.

Und Giacomo Fumo lächelte zurück. «Schiroccina, so habe ich dich lange nicht lächeln sehen», sagte er sanft.

«Ach, Giacomo ...», seufzte Schiroccina glücklich. «Siebentausend Jahre und einen Tag ist es her ...»

Giacomo Fumo und Schiroccina schauten sich an und wirkten wie verzaubert.

«Aber jetzt wirfst du dein Herz nie mehr weg, oder?», fragte Lilli den Wind.

Giacomo Fumo schüttelte den Kopf. «Nie mehr!», sagte er und strahlte Schiroccina an.

«Egal, was irgend so ein Eisriese sagt.»

«Äh … warte, Lilli …» Giacomo Fumo stutzte und nahm sie vertrauensvoll zur Seite. «Heißt das, du weißt alles? Alles, was der Eisriese zu mir gesagt hat?»

Lilli lachte Giacomo schelmisch an. «Ja. Wenn du das meinst, was in der Eiswüste passiert ist. Das weiß ich alles.»

Plötzlich wurde Giacomo Fumo unsicher. Er druckste herum: «Äh ja … also … Könnte das nicht vielleicht unser Geheimnis bleiben?» Bittend schaute er Lilli an.

Sie überlegte kurz und meinte dann: «Na gut. Unter einer Bedingung …»

«Schon erfüllt! Was kann ich für dich tun?»

«Kannst du mich und Macho wieder nach Hause bringen? So schnell, wie's geht?»

«Na, das ist doch eine meiner leichtesten Übungen. Natürlich bringe ich euch nach Hause. Schnell wie der Wind sozusagen!»

Als Zitterwurzel das hörte, schreckte er zusammen. Plötzlich war er sehr, sehr traurig. «Oje, oje, oje, oje! Lilli? Sehen wir uns jetzt nie mehr wieder?»

«Na klar, Zitterwurzel! Natürlich sehen wir uns wieder, oder Schiroccina?»

«Das kriegen wir hin. Was meinst du, Olf?»

Olf nickte. «Ab sofort lautet die wichtigste Weissagung: Wir sehen Lilli wieder!»

«Na klar», meinte auch Kiko. «Spätestens, wenn ich den Durch-die-Wand-geh-Trick beherrsche.»

«Cool!!!!», freute sich Zitterwurzel

«Also dann.» Zitterwurzel gab Lilli ihr Bettdeckenbündel.

«Mach's gut, Lilli!»

«Du auch, Zitterwurzel!»

Dann reichte Giacomo Fumo Lilli seine Hand. Lilli packte zuversichtlich zu. Macho sprang in Lillis Arm. Und so hob Lilli mit dem Wind ab. Ihren Macho hatte sie dabei fest im Arm. Zitterwurzel, Kiko, Olf und Schiroccina winkten gerührt.

Lilli lächelte ihnen zu.

23. Kapitel

Zusammen flogen die drei an den Sternen vorbei durch den Nachthimmel. Lilli schien es, als ob alle Sterne ihr zublinken würden, so glücklich war sie! Machos zotteliges weißes Fell flatterte fröhlich im Flugwind. Lilli hielt ihren Freund ganz fest, drückte ihn an sich und zeigte ihm den Mond. Prall und voll leuchtete er am Himmel. Macho bellte kurz und begrüßte ihn wie einen alten Bekannten. Giacomo Fumo flog jetzt schneller. Die Sterne rauschten vorbei wie die sprühenden Funken einer Wunderkerze.

Nach einiger Zeit tauchten unter ihnen die Dächer einer kleinen Stadt auf. Inmitten einer hügeligen Landschaft duckten sie sich ganz nah zusammen. Das fahle Licht des Mondes beleuchtete sie sanft und tauchte sie in durchsichtiges blaues Licht.

Auf einem dieser Dächer drehte sich ein Wetterhahn im Wind. Es war ein Fachwerkhaus mit blauen Fensterläden – Lillis Zuhause.

Giacomo Fumo nahm Kurs auf das Fachwerkhaus.

Der Wetterhahn drehte sich immer schneller.

Mit einer punktgenauen Landung erreichte Giacomo Fumo zusammen mit Lilli und Macho den Balkon vor Lillis Kinderzimmer. Ganz sachte setzte er die beiden auf dem Boden ab. Aufgeregt schnüffelnd erkundete Macho jede kleinste Ecke und erkannte alles wieder.

«So, Lilli! Da wären wir!», erklärte der Wind.

«Danke, Fumissimo.» Lilli hielt ihm die Hand hin.

Giacomo Fumo schlug ein. «Ich hab dir zu danken, Lilli. Vor allem, weil du dichtgehalten hast!»

«Du meinst, die Sache mit dem Eisriesen?»

Der Wind nickte. Es war ihm unangenehm, sich daran zu erinnern.

«Schisser, Angsthase, Bangbüx und was der alles zu mir gesagt hat. Wie kann man nur so viel Angst haben!»

«Das ist schon okay.»

Giacomo Fumo schüttelte den Kopf. «Ich finde, das ist nur peinlich!»

«Weißt du, Fumissimo», sagte Lilli da, «man kann nur mutig sein, wenn man auch Angst hat.»

Fumo stutzte und überlegte kurz. «Ach ja? Der Spruch könnte von Schiroccina sein.»

«Ist er auch.» Lilli schmunzelte.

Giacomo Fumo sah sie an und lachte.

«Du hast sie gern, stimmt's?»

«O ja. Ich hatte ganz vergessen, wie gern.»

«Na ja, so ohne Herz kann das schon passieren.»

«Aber dank dir habe ich es ja wieder zurück. Ach ja, und die Sache mit Macho tut mir natürlich leid.»

«Ist schon okay.»

Und Macho bellte, als wollte er Lilli zustimmen.

«Und noch etwas, fast hätte ich es vergessen. Hier! Das gehört ja dir oder, besser gesagt, Macho ...» Und er gab Lilli Machos kleines Silberherz zurück.

Lilli hielt es ganz fest in ihrer Hand.

«Tja, dann», Giacomo Fumo wusste jetzt nicht

mehr so recht, was er sagen sollte. Das Abschiednehmen fiel ihm schwer. «Tja, dann … düse ich mal wieder ab!»

Lilli nickte. «Du kennst ja den Weg.»

«Klar. Immer geradeaus und am Mond links.»

Giacomo Fumo versetzte Macho einen liebevollen Stups.

Macho stupste zurück.

«Mach's gut, Kumpel, und pass auf Lilli auf. Die ist schwer in Ordnung!»

Er zwinkerte Lilli noch einmal zu. Dann düste der windigste aller Winde davon.

Lilli winkte ihm vom Balkon aus hinterher, und Macho bellte – bis Giacomo Fumo zwischen den Sternen verschwunden war.

Vom Himmel kamen plötzlich Blätter heruntergesegelt und landeten neben Lilli auf dem Balkon. Es waren beschriebene Blätter, Seiten eines Märchenbuches mit einer Geschichte, die da begann, wo die Geschichte vom Herzen des Windes aufhörte.

Lilli kannte die Geschichte, es war ihre eigene …

Sie sammelte die Blätter ein und legte den Stapel in das alte Märchenbuch. Jetzt erst merkte Lilli, wie müde sie war. Schnell kroch sie in ihr warmes, weiches Bett und breitete ihre Bettdecke mit dem Sonne-Mond-und-Sterne-Muster über sich aus. Macho be-

eilte sich, auch hineinzukommen. Mit einem Satz sprang er auf die Decke und rollte sich an Lillis Fußende zu einem weißen, wuscheligen Knäuel zusammen. Lilli band ihm das kleine silberne Herz wieder um, kraulte ihn zärtlich hinter den Ohren und flüsterte ihm zu: «Macho, wir sind ein Superteam!»

Macho bellte kurz, gähnte und kuschelte sich tief in die Bettdecke hinein. Lilli gähnte ebenfalls und sank in ihr Kopfkissen. Kaum hatte sie die Augen geschlossen, da war sie auch schon eingeschlafen …

So bekam Lilli nicht mit, wie ihre Eltern nach Hause kamen.

Auf dem Weg durch den Vorgarten mussten sie gegen kräftige Sturmböen ankämpfen. Ihre Haare flatterten wild, und ihre Kleidung blähte sich auf wie ein riesiger Windbeutel.

Lillis Vater stolperte über die Reisighexe,

die quer im Weg lag. Er nahm sie hoch und steckte sie wieder an ihren angestammten Platz. Lillis Mutter rief gegen den Sturm an, sie drängelte zur Eile: «Das hat doch Zeit bis morgen. Wir müssen nach Lilli schauen. Bei diesem Wind hat sie bestimmt vor Angst nicht schlafen können.»

Lillis Eltern beeilten sich, unter das schützende Dach des Hauses zu kommen.

Sie eilten die Treppe hoch, um nach Lilli zu schauen.

Ganz leise und vorsichtig betraten sie ihr Zimmer, knipsten das Licht an – und fanden eine schlafende Lilli. Vor ihr auf der Bettdecke lag, wohlig eingerollt, Macho.

Lillis Mutter lachte und setzte sich auf den Bettrand. Sanft strich sie Lilli über die Haare: «Jetzt ist unsere Kleine schon so groß, dass sie keine Angst mehr hat, allein zu bleiben.»

«Wenn man einem Kind die Dinge anständig erklärt, dann hat es auch keine Angst», erklärte Lillis Vater stolz. Dann schlichen sich die beiden auf Zehen-

spitzen wieder aus Lillis Zimmer, löschten das Licht und machten leise die Tür hinter sich zu.

Durch das Fenster leuchtete der Vollmond.

Er hatte ein Gesicht, lächelte und blinzelte Lilli im Schlaf zu.

Ein Windhauch bewegte die Vorhänge, und es schien, als ob der Wind in dieser Nacht anders wehte als sonst.

© Simon Vogel

Angelika Bartram

hat sich mit witzig-phantastischer Unterhaltung in Theater, Hörfunk und Fernsehen einen Namen gemacht. Sie ist Begründerin des phantastischen Erlebnistheaters, arbeitete für die Sesamstraße und schrieb zusammen mit Jan-Uwe Rogge das Buch «Spiele gegen Ängste» (61719).

Mehr zu der Autorin unter www.angelika-bartram.de

B 97/1

Foto: Gabo / Illustration: Imke Sönnichsen

Ildikó von Kürthy bei rotfuchs

«Für alle kleinen Zauberer und Zauberinnen, die nicht nur das sehen, was wirklich sein kann.»
(Bayerischer Rundfunk)

Ildikó von Kürthy
Karl Zwerglein
Eine Geschichte für Zauberinnen und Zauberer

Gartenzwerge haben Zauberkräfte. Das weiß ja jedes Kind. Karl, der kleine Zwerg, erwacht in dem Moment aus seiner jahrelangen Erstarrung, als Paula ihn in ihrem Garten findet. Gemeinsam nehmen es die beiden gegen Paulas fiese Tante Margret auf, die Karl in den Müll schmeißen will. Beinahe scheint Karl in Sicherheit, da bringt er sich durch seinen blöden Schluckauf wieder in Gefahr. War nun alles vergeblich? Ganz im Gegenteil: Paula und Karl Zwerglein kommen dadurch einem uralten Geheimnis auf die Spur ...

Über die Autorin:
Ildikó von Kürthys erstes Kinderbuch ist eine liebevolle Hommage an die Kinder und ihre grenzenlose Phantasie.
Die Autorin überaus erfolgreicher Romane lebt in Hamburg und ist Redakteurin beim *Stern.*

3-499-21235-8

Mehr Infos im rotfuchs-Magazin *fuxx!* und unter *www.fuxx-online.de*